我們的記憶・我們的歷史

邱各容等／著

台東大學兒童文學研究所／出版

序

記憶在深處

台東大學人文學院院長　林文寶

本書是關於《中華兒童叢書》的徵文結集。它是〈「兒童讀物編輯小組」的歷史書寫與徵文活動計畫書〉的一部分。

本次徵文活動於二〇〇三年三月十日至五月三十一日進行徵稿，總計收到稿件七十二件。投稿件數雖然不多，但稿件來自臺灣各地區，更有旅居海外華人參加徵文。當中不乏在學學生、現職教師、家長、兒童文學工作者，更有昔日兒童讀物編輯小組成員共襄盛舉。參加者的年齡層跨及一九三九年代至一九八〇年代，顯見兒童讀物編輯小組影響世代的廣泛，而其出版品《中華兒童叢書》亦可說是跨世代共同的童年回憶。

經過聘請五位專業的評審委員（周惠玲、陳素宜、吳文薰、郭鍠莉、郭婉伶），針對作品的主題內容及表現形式進行縝密的評選後，總計四十六篇作品脫穎而出。整體而言，投稿文章一致肯定兒童讀物編輯小組的成就，也顯現《中華兒童叢書》是過去四十年來陪伴兒童成長並深受喜愛的兒童讀物。綜觀入選作品，呈現的主題內容多為：㈠抒發與《中華兒童叢書》交流的個人經驗；㈡《中華兒童叢書》的讀後感或書評；㈢《中華兒童叢書》在教學上的運用；㈣兒童讀物編輯小組的歷史發展及相關人物書寫。

應徵稿件不多，出乎意料之外，相對於裁撤之前藝文人士的激情，真有今夕何夕的感慨，或許我們錯估了真象。

身為兒童文學工作從業者，一路走來，有太多的感傷，為什麼我們總是忘了自己，難道我們真是已經忘了歷史，忘了記憶？

為什麼在結束之後，仍然缺少一點點的想念，難道是我們的記憶仍壓縮在深處？

重回深處，撫摸與慰藉傷痛，尋回自己，認識自己，肯定自己，重視我們的主體性與自主性。

於是我們我們有了關心與痛惜的對象，我們有了生命共同體的意識，也因此有了共同的記憶。

徵文活動得以順利完成，自當感謝蔡淑娟、黃柏森與黃百合三位的協助。

目錄

PART II 閱讀與教學

PART I

歷史與書寫

從史料觀點看《中華兒童叢書》的歷史定位

邱各容

個人在研究台灣兒童文學發展史中，注意到六〇年代有一項關係台灣兒童文學發展影響深遠的事——台灣省教育廳「兒童讀物編輯小組」的成立。由於該小組的成立，使台灣兒童文學的發展邁向一個新的里程。

當年適逢聯合國兒童基金會提供五十萬美金協助我國推行兒童讀物出版計畫，我國則提出相對基金因應此事。而彼時擔任教育廳第四科科長的陳梅生，則實際負責此事。他延請師大教授彭震球、作家林海音、潘人木，從美援會退休的柯太及畫家曾謀賢等組成「兒童讀物編輯小組」，於一九六四年六月正式成立，從此開始長達三十餘年的「中華兒童叢書時代」。

該叢書的出版，以五年為一期，採分期分年做計畫性的編印。初期依內容分為文學、科學、健康三大類，到後期又增加藝術、社會兩大類，到第七期五年計畫時，已經出版九百多種，內容琳瑯滿目，美不勝收。

《中華兒童叢書》前後歷任彭震球、潘人木、何政廣三位總編輯，以及曾謀賢、曹俊彥、劉伯樂等三位美術編輯。

不同的總編輯，不同的美術編輯，再加上不同作者的寫作內容，而呈現不同的風格。由於《中華兒童叢書》的編印，讓許許多多已成名、剛成名、未成名的作家紛紛投入寫作的行列；也讓大大小小已成名、剛成名、未成名的插畫家，先後加入插畫的陣容，無形中，壯大了國內兒童文學的寫作隊伍，以及兒童讀物的插畫陣容。換句話說，由於《中華兒童叢書》的編印，確實培養了不少兒童文學寫作和插畫的人才，如果說，潘人木是台灣兒童文學的掌門人，那陳梅生就是台灣兒童文學的點燈者。

《中華兒童叢書》在歷任教育廳長及歷任總編輯督導策劃下，自一九六四年六月編輯小組正式成立，以迄二〇〇二年十二月裁撤為止，將近四十年，共計完成七期五年編印計畫，出版九百多種兒童叢書。這樣亮麗的成績，在國內童書出版無出其右，而「兒童讀物編輯小組」則伴隨台灣兒童文學同步成長與發展。

尤其是潘人木，五年編輯，加上十八年總編輯，前後二十三年，潘人木為台灣國小學生編輯高達五百多本的《中華兒童叢書》，同時也提供作家發表作品的機會，故她將「編輯兒童讀物」視為文學生命中非常重要的一環。

就發掘寫作人才，培養寫作人才而言，「兒童讀物編輯小組」和板橋教師研習會「兒童讀物寫作研究班」具有異曲同工之妙。而若與發掘台灣兒童文學創作人才的先鋒之一「洪建全兒童文學創作獎」的興辦，掀起大量已成名、剛成名、未成名的作家相繼投入兒童文學創作行列而言，《中華兒童叢書》的編印，同樣具有深遠的影響和成果。它們的功能性是一致的，也就是說，《中華兒童叢書》的編印，促使成人文學作家開始重視兒童文學，不再視兒童文學為「小兒科」，甚至投入兒童文學的創作。

台灣兒童文學發展的腳步永無止歇，《中華兒童叢書》的編印，不但豐富了國小學童的閱讀內容，也拓展了他們的閱讀視城。特別是七〇年代以來，《中華兒童叢書》新人不斷出線，新作不斷出版，印刷技術不斷更新，長期經營的計畫編印，一方面呈現《中華兒童叢書》跟上時潮而永續存在；一方面則提供作家無限寬廣的揮灑空間，創作出豐富多元的讀物內容。

可惜，隨著政局的演變，台灣省政府在「精省」之後，「兒童讀物編輯小組」改隸「教育部中部辦公室」。二〇〇二年十二月，更在教育部黃榮村部長裁示下，被宣告「裁撤」，終止《中華兒童叢書》編印計畫。如今，《中華兒童叢書》編印雖然停擺，不再出版，但就歷史發展角度而言，它不但已經完成階段性任務，同時更可以說是「光榮退伍」，在兒童讀物出版上宣告「正式除役」。

雖然《中華兒童叢書》正式走入歷史，卻曾在台灣兒童文

學發展過程中，表現出輝煌的成績。如果說，當年的教育廳潘振球廳長是《中華兒童叢書》的催生者，則現任的教育部黃榮村部長則是促使《中華兒童叢書》成為「歷史名詞」的終結者。無論如何，《中華兒童叢書》已經劃下完美的休止符。同時，在台灣兒童文學發展史及台灣兒童讀物出版史上，它都刻下深邃的印痕。

個人從事兒童文學史料研究十餘年，卻怎麼也沒想到有朝一日自己竟然成為《中華兒童叢書》的作者，《永不褪色的山城——九份》於二〇〇〇年出版。由研究者轉為作者，角色的遞換，當然會更加深對《中華兒童叢書》的懷舊。《永不褪色的山城——九份》不但被列為第七期五年計畫的一部份，也是個人迄今唯一的一本兒童文學著作。

如今《中華兒童叢書》雖因政府的政策正式走入歷史，深信它在台灣兒童文學發展過程中散發出來的光與熱，都是永不褪色的。

修書過程示範。

拯救《中華兒童叢書》緊急行動

——台北市龍安國小重整《中華兒童叢書》紀要

孫藝泉

民國五十年代時期，台灣省政府教育廳為輔導學生課外活動，培養學童閱讀興趣，設立兒童讀物編輯小組，負責編印適合各年級學童閱讀的書籍，供應國小學生閱讀。

綜觀台灣兒童文學歷史，《中華兒童叢書》是一項珍貴的資產與資料，且不論帶給這一時期孩子豐富的童年生活，至少也培養了許多兒童文學作家與兒童插畫家。

《中華兒童叢書》從民國五十三年至民國六十年第一期開始，直到民國九十一年停刊為止，已經出版八期，平均每五年出版一期（第一期為八年）。

若從民國五十三年至今（民國九十二年），第一期《中華兒童叢書》也有三十九年的歷史。這段不算短的日子，許多學校的叢書要不是自然或人為因素導致書籍散失破壞，就是因書籍老舊，版面設計不討喜，內容不能吸引兒童，而成堆成堆置放在圖書館的角落（尤其以第一期至第四期最嚴重），久而久之，形成圖書館一項「食之無味、棄之可惜」的負擔。

台北市龍安國小圖書館的業務是由一群義工媽媽負責，她們形成一個社團組織，領導孩子閱讀，稱為「書香隊」。

八十九學年度期末，有一位家長將所借的《中華兒童叢書》歸還，當時擔任還書業務的書香媽媽，發現叢書歸書作業困難。成堆的叢書沒有書櫃定位，也沒有造冊資料，全部置放在角落，書籍破舊不堪。

擔任書香隊隊長的孫惠如，發現這個棘手的問題，建議館長將四期以前的《中華兒童叢書》報廢。

圖書館館長黃貴蘭表示，多年前有人建議她將叢書報廢。基於愛書人的心態，縱使書籍老舊，只要還能閱讀，就不輕言報廢。基於此孫惠如作罷報廢的打算，她帶著隊員將這一本一本陳舊的書籍造冊。用意是先作好報廢資料，只要館長鬆口，學校願意，隨時可以報廢。

她深入調查每本書的編號、期別、書名、類別、書摘、冊數。除了有些書籍因颱風天圖書館進水受損短缺之外，《中華兒童叢書》大致上保存完整。

《中華兒童叢書》原由台灣省政府教育廳兒童讀物出版部發行，經銷商台灣書店，孫惠如為取得原始資料，一一與相關單位聯繫。

編輯小組成員吳俊卿得知孫惠如要這些資料，準備將《中華兒童叢書》列冊報廢時，她提到何不提供給台東師範學院兒童文學研究所做研究的文本。這一句話讓孫惠如重新思考《中華兒童叢書》的價值。

孫惠如開始思考，如何拯救這批破損老舊的寶貝？

她預定帶領書香隊隊員投入兩年的時間，將兩萬多冊的《中華兒童叢書》整編、建檔、上書櫃。

修書也有一定的程序，一本破損的書籍，要先將脫落的地方粘黏好，用「博士膜」一本一本包裝起來，再送到印刷廠裁剪開口的三邊。二十開本大小的書，大約有0.5mm的空間可供裁剪，經過整修的舊書，果然「煥然一新」。

修理一本書籍，牽涉到經費問題。龍安國小書香媽媽，願意承擔這份工作。民國九十年八月份開始，到民國九十一年一月份止，完成第一期《中華兒童叢書》修補工作。後續修補直到民國九十二年初才大功告成。

近年推動班級讀書會，坊間出現各式各樣適合兒童閱讀的書籍。孫惠如整編《中華兒童叢書》，還有另一個動機，希望整理完成的書籍，能夠提供各班經營讀書會。

《中華兒童叢書》分類有文學類、科學類、健康類、藝術類和社會類，分別以黃色、紫色、綠色、橙色及黑白條紋為類別的代表色。

在彙整過程中，編號是非常重要的工作，《中華兒童叢書》在編號上，也出現有趣的情形。以第一期《沒有媽媽的小光》為例，書籍編號11009，第一碼的1代表一年級（低年級），第二碼的1代表類別，為文學類，顏色標示是黃色，後面三碼009

則是書籍的流水號。

不過以這種編號的方式，第六期之後，又有一些改變。原本五碼編號，忽然改成四碼編號。以第六期《美的小精靈》為例，書籍編號為6121，第一碼的6代表第六期，第二碼的1代表低年級（1是低年級，2適中年級，3是高年級），後面兩碼21是書籍的流水號，原本的類別則取消。

《中華兒童叢書》書目單慢慢彙整出來，包含有編號、書名、期別、類別、儲位、冊數、出版年月。以書名《蕙蕙的藍帶子》為例，編號11010，期別第一期，類別文學類，儲位A1，冊數36冊，出版年月55.05。

經過書香媽媽的分門別類，可以很容易找到想閱讀的書籍。書籍歸還要回到書櫃內，也很容易讓書就定位。

民國五十、六十年代時期，兒童讀物比較貧乏，能有一本故事書閱讀，就覺得很幸福。那時期的《中華兒童叢書》，剛好可以滿足那時期的兒童。

可惜《中華兒童叢書》從民國五十三年發行第一期到民國

九十一年的第八期，終因階段性任務結束而告終止。

龍安國小書香隊耗費心血，讓《中華兒童叢書》延續借閱的生命。書香媽媽們希望《中華兒童叢書》能配合教育部提倡「閱讀」的運動中，再度發揮功能。她們提出拯救計劃，藉此重新重視《中華兒童叢書》的時代意義。

民國九十二年四月二十二日在龍安國小舉辦名為「我要大公雞」（《中華兒童叢書》出版的第一本書書名）的叢書書展與系列活動，便是重新開啟《中華兒童叢書》的新生命。

最美的相遇

——與《中華兒童叢書》的不解之緣

黃郁青

大學時代，三年級的暑假到國小進行小學圖書館自動化，正式開啟與《中華兒童叢書》的因緣際會，從此結下不解之緣。

「林校長，圖書室這套簡陋破舊又是平裝不精美的書，占了全校書籍的一半之多，要怎麼處理呢？廢棄還是……」我們正在納悶著，如何處理這些龐大且看似退時代的讀物。

「當然要保存下來呀！各位老師們，這套《中華兒童叢書》可是我們推展兒童閱讀的先驅，台灣兒童讀物的老祖宗！裡面包羅萬象，是我小時候，更是全台灣小朋友的心靈引航人，永恆的、最美的回憶！」林校長接著跟我們娓娓道來叢書的歷史源流。

我們這群還未正式踏上教育之路的編輯小組，被校長上了這麼一課，猶如醍醐灌頂，但還不能真正了解叢書的內涵與時代性。於是我們開始慎重的整理這套書，將它列為特別的一套叢書，使用「兒童讀物分類法」來編目，發現《中華兒童叢書》不只有文學類的童詩、童話、故事，還有藝術類的欣賞能美化心靈；更有自然科學、歷史人物傳記類等能開擴胸襟、充實知識的書，是國內熱心兒童文學的作家與插畫家努力的結晶，散發著濃郁的台灣鄉土文化情懷。

由於這次的機緣，讓我開始投身《中華兒童叢書》的閱讀。我最喜愛拿著這一本本樸實的小書，細細品味裡面的文字與插圖，每位作家的風格迴異，有充滿童趣的語言，也有優雅動人的詩篇，插畫家更是運用豐富的媒材，發揮多元的創意與想像，引領我們進入美麗的世界。我本身受到很大的撼動，因為這樣早期的讀物在編排方面仍如此用心經營，有一種獨特的樸實美，但又呈現多元創意，包含科學的「真」，故事哲理的「善」、文學藝術的「美」，激發孩子各方面的興趣，累積各種

知識。書裡面的文字插圖更是耐人尋味，跟現在所謂世界名家繪本相比，毫不遜色，反而更能啟發我們，因為這是本土熱心兒童教育的工作者，用心關懷台灣、關愛孩子的歷史資產，字字句句都透露著美的召喚，愛的感動！例如《媽媽小時候》這本故事，透過細膩生動的描繪，佐以中國水墨式插畫，把早期農家生活表達的淋漓盡致。然而隨著時代多元的轉變，《中華兒童叢書》也能跟著變化主題與媒材，像《複製豬》就是一本充滿趣味的故事，敘述著最近幾年熱門的生物科技——「複製」，帶領小朋友做初步的認識。

我也常常跟同學們一起分享討論，讀到有趣幽默的故事，時常開懷暢笑，笑成一團，想到感人的情節、惹人愛憐的主角，卻也會忍不住紅了眼眶，潸然淚下。一些科學叢書也讓我們接觸到大自然的神秘世界，培養敏銳的觀察力。歷史故事更是能從中訓練出理性的判斷力，鑑往知來，使我們在歷史的洪流中，確立自己的地位，更勇敢的邁進。這些文學的薰陶與相關科學知識、歷史啟示對自己和將來的教學都很有助益。深深覺得自己很榮幸能在大學的最後這一年和叢書相識到相知，盡情地徜徉在閱讀的樂趣中，是永生最難忘的回憶。

帶著這樣的撼動與感動，擔任老師以後，我決心把這些豐富的資產介紹給小朋友，希望他們能夠像我一樣享受到閱讀的樂趣，間接培養語文、科學等能力。於是我從學校的圖書館借書，然後在班上成立「小小書香花園」，和另一位老師著手進行整學年的閱讀活動和「閱讀單」的設計。閱讀活動很多元，閱讀單則主要根據文學類的叢書，設計有關插畫或內容的問題及相關語文遊戲，希望能讓學生更進一步體驗文學的樂趣。

我會選擇幾本適合書，利用很多媒體來輔助說故事，引誘小朋友閱讀。每當我說完故事就嚷著：「老師！我要看這本書，好好玩喔！我要學老師用棒偶說給爸爸媽媽聽！」「老師先借我看，修修跟我一樣害羞耶！我要告訴他我不害羞的方法！」。自從這樣的閱讀活動展開後，小朋友變得很喜歡看書，還會常常討論書中的趣事，甚至比賽誰看的多，他們喜歡這些叢書更甚於外國翻譯的圖畫書，因為內容都是生活中的事物，比較容易瞭解，插圖的風格更是豐富多變。

我很高興孩子們能藉由叢書的閱讀中得到樂趣，培養了閱讀的習慣，也從中啟迪更多的知識，更能樂於創作、變化氣質，個個都像個小紳士小淑女。家長們都很好奇我是用了什麼法寶來感染小朋友，當他們知道後，十分支持我這樣的教學，也很感謝我。班親會的媽媽們還會帶著小朋友說故事，期末班上更準備要年度戲劇展演，為孩子們的低年級學習，留下最美好的回憶，也是最棒的禮物！這樣的《中華兒童叢書》閱讀活動，我會一直堅持下去，因為孩子們很幸運還能保有這份文化資產，要有人引領他們走入這個閱讀天地，和他們一起分享！

自己親身投入閱讀與教學，終於明瞭《中華兒童叢書》在兒童讀物歷史上的重要性，不管在編輯印刷、圖文風格都是篳路藍縷所耕耘出的收穫，對台灣本土文化之傳承有著功不可沒的貢獻。隨著各國閱讀運動和知識革命的開展，雖然多媒體蓬勃發展，但文字和書本這樣古老樸拙的溝通形式，因為是可接觸的實物，有著獨特的書卷味，所以依然是我們，尤其對小朋友有著莫大的吸引力。身為家長或老師的我們，要好好珍惜這不易的本土資產，做好文化傳承與開展。我覺得最好的方式就是自己先閱讀後再介紹給孩子，跟著孩子一起享受這最美的饗宴，分享這份最真的感動！

一元能做什麼？由「一學生繳一元」談起

魏翠蓮

一塊錢買不到一枝冰棒，一塊錢也買不到一塊麵包，幣值真的小了，現在連一塊錢掉在地上，小朋友也可能不去撿它。那麼一元可以用來做什麼呢？我們不要小覷一塊錢的力量，它可以完成一些「不可能的任務」呢，小兵常可立大功！最先發現可以用一元來完成大事者，首推為台灣兒童文學的點燈者——陳梅生先生，他不僅利用「一學生繳一元」的制度完成了「兒童讀物編輯計畫」——《中華兒童叢書》的出版任務，也啟發了後來許多的仿傚者：西元一九六八年（民國五十七年），楊傳廣發起「一人一元」運動，募款建造一座現代化體育館；一九九九年台南市議員王家貞、洪玉鳳發起「一人一信」、「一人一元」關懷、資助青少年輔導機構「張老師」行動；一九九九年九月二十一日凌晨台灣發生百年來最強烈的大地震後，全美中文學校聯合總會和全國各地協會、聯誼會和聯合會的同仁們發起「一人一元」萬人捐款救災活動；二〇〇二年台南縣歸仁國中有四十幾位學生，每個人一天捐出一塊錢，來認養非洲肯亞的小朋友。

陳梅生先生所提出的「一學生繳一元」措施是一個什麼樣的制度呢？「兒童讀物編輯計畫」是陳先生致力向聯合國爭取的，後來因應教育廳的需要，加入了「教育人員訓練」、「重點輔導」、「出版參考書」等計畫。又因為聯合國規定各項計畫的簽約對象必需是「對等單位」，此一計畫隸屬「聯合國兒童基金會」統籌，其對等單位是教育部，所以當教育廳將計畫送至教育部時，部裡再增加了「科學示教車」與「六年級附設職業訓練」二項計畫，最後成為內含有四個子計畫的「國民教育發展五年計畫」，其內容比原先的「兒童讀物編輯計畫」複雜且龐大，當然所需經費亦相對增加，總計畫的預算約為一百萬美元，而聯合國核定「國民教育發展五年計畫」的總補助金額只有五十萬美元，對總計畫來說更是捉襟見肘，政府無法負擔如此龐大的費用，依據教育廳劉真廳長制定的三對等原則，陳梅生先生想出了一個好法子，除了聯合國補助款及政府的配合款之外（註一），由每位小朋友每學期交一塊錢，當時的小學生人數約二四〇萬，除掉窮苦和山地小朋友可以免繳外，大約還有二〇〇萬，一年便有四〇〇萬元的收入歸入「兒童讀物基金」，靠這個「兒童讀物基金」才將出版的問題解決，這就是「一學生繳一元」制度的由來。

《中華兒童叢書》分為低中高年段三級，每級各出版十一冊，即每年出版三十三冊，內容則分文學、科學、營養三種。當時計畫規定：依學校學生人數每三人一冊的數量免費配發，五年之中要配發二千所國校，共三百四十八萬一千冊書。但因當時編輯環境難以配合，所以自一九六四年起開始執行出版計畫，歷經了大約三年的努力，至一九六六年第一批共十二冊的《中華兒童叢書》才出爐。不過第一批《中華兒童叢書》出版後，因為印刷精美內容豐富，大家都非常喜歡，省議員們也都

《中華兒童百科全書》

很欣賞，讚美之聲不絕，被譽為台灣第一批「世界級」的兒童出版物。後來整個計畫經聯合國專家評檢結果成績極為優良，故與聯合國再續約五年，援助經費仍為五十萬美元。當年一般外援計畫，有一個現象，就是外援存在，計畫存在；外援不存在，計畫也就自動消失了。我國退出聯合國之後，當然不能再享受聯合國的補助，幸好有每一個兒童每學期收取一元的基金制度，叢書出版的經費才得不虞匱乏。

因為《中華兒童叢書》的版權屬於聯合國，等於沒有版權，所以曾被推廣到泰國、菲律賓等地。每年舉辦的世界出版物展覽會，《中華兒童叢書》還代表中華民國出版物參展過好幾次。後來編輯工作範圍越來越大，編輯人員逐年增加，每學期向每位學生所收的兒童讀物費亦有增加，還設立了台灣書店做為販售門市部，除了出版原有計畫的讀物外，並由潘人木女士編輯出版了全套《中華兒童百科全書》，後來何政廣總編輯又編了每月出版的《兒童的雜誌》及《中華幼兒叢書》等，都有很好的口碑，想不到當初「一學生繳一元」的制度，能創造出如此的局面。

雖然兒童讀物編輯小組已於二〇〇二年裁撤，學生每學期繳交的兒童讀物費取消了，《中華兒童叢書》、《兒童的雜誌》亦不再出版，但自一九六六年至二〇〇二年期間，「兒童讀物基金」對台灣兒童文學的提昇與貢獻是有目共睹的。全球第二富豪，資產高達三百六十億美元的巴菲特說過：「不起眼的一毛錢，很可能就是另一個十億美元的開始。」只要累積小錢，一定能發揮驚人的威力，從「一學生繳一元」的小小制度，造成了今日兒童文學的偉大榮面，讓我們深深體驗了「小錢威力大，聚沙能成塔」的真正內涵。

註一：其中「兒童讀物編輯計畫」編列了約為二十五萬美元（實際為二十四萬三千四百美元）的補助申請，內容包括：製版、紙張、油墨、上光、稿費，以及前三年編輯人員的薪金等；我國政府則需配合：印工、裝訂、配發、後二年編輯人員的薪金、行政管理，以及加印書本的紙張、油墨、材料等費用。

曹俊彥老師專訪

——談他印象中的兒童讀物編輯小組

胡怡君

緣起：

與曹俊彥老師的緣份是很奇特的，起於筆者就讀研究所時期，因為撰寫論文的關係，得到曹老師相當的幫助，也因此對曹老師的作品及資歷有較為深入的認識。知道曹老師對編輯小組有長時間的付出，他曾擔任九年的美術編輯，且出版眾多《中華兒童叢書》作品。因此想藉這次機會訪問他，企圖由他對小組的記憶，拼湊出曾屬於編輯小組的風華歲月。

四月的一個週末晚上，拿起了電話，直撥台北曹老師家。才響了兩三聲，就聽到老師和藹的聲音……「喂……」「老師您好，我是╳╳╳，請問您現在有空嗎，我想要請教您一些問題……」一口氣講完話的我仍有些緊張。但電話那端的曹老師不改他一貫的慈祥，笑著說：「可以啊，我把電視關掉，妳問吧……」就這樣開始了我的電話訪問。

訪談內容：

問：請問您是因為怎樣的因緣際會，進入編輯小組工作？

答：其實是因為首任美編曾謀賢曾看過我畫的壁報，先是請我畫插圖，而我的第一本書就這樣誕生了，是《中華兒童叢書》的《小紅計程車》；之後，我一直都有參與插畫的工作，民國六十年，要重新聘請美術編輯時，我被提名，還有另一個競爭者，後來就是我進入這個工作。

問：可以請您談談對《中華兒童叢書》的印象嗎？

答：當初書籍每次被印製出來後，會由台灣書店配發，上山下海的將三千多本書送達至每個小學，在兒童讀物不多的當時，這些額外的精神食糧是相當被重視的，也許因為如此，有些學校把這些叢書都妥善「保存」起來，小朋友反而不太容易看到。為了改善這些情形，教育廳特別商請台灣書店在配發本外同步加印，成為販售本，讓學校在書本耗損時得以補充。之後，小朋友終於可以暢快的看書；但相對來說，這都是在有限經費的狀況下進行的。

以這點看來，可以略窺編輯小組的問題，也許因為是公家單位的緣故，只偏重書籍的製作、出版，但一直都較沒有理想的行銷管道及策略。雖然與台灣書店合作，但它還是只有做到「配發」和靜態的「店頭銷售」，「推廣」的行動明顯的缺乏。因之，它的價值就沒能廣被認識。

問：照您這樣說來，「行銷」與「宣傳」真的是一個問題，那當初編輯小組有沒有嘗試過改善這種情況，提出相關的解決之道呢？

答：其實這真是一個公家單位面臨的尷尬、兩難問題。我記得教育廳當時為解決這個問題，確實想了辦法試圖要解決。在加印本的販售上，除了與台灣書店合作外，也曾考慮尋找更好的選擇，後來就以議價的方式，尋找不同的合作夥伴；但是因為教育廳的立場是站在為民服務的角度，較沒有也不能有商業上的考量——不能將過多的銷管費用加在定價上；合作的夥伴評估的結果，都會認為這樣雖然可以達到不與民爭利的目標，合作者卻完全無利可圖。就因為這樣的兩難問題，委外銷售的想法就落的不了了之，問題也沒有獲得一個明顯的解決之道。然而，若跳離這樣的思惟模式，只要編輯小組製作民間不容易製作、出版，兒童卻有重要需求的書，也許就能凸顯小組存在的價值。如：當初我們編的《中華兒童百科全書》，就是一個很好的例子。因為這樣的工作需要龐大的資源，和各領域的專家學者共同參與，工程浩大，民間不容易完成。而兒童的確也很需要這樣較先進的工具書，因為內容中有豐富的知識與圖鑑，可方便他們查閱，養成自動學習的習慣。出版後事實就證明，這套《中華兒童百科全書》，銷路十分良好，同時也備受好評。

問：請問您當時會離開編輯小組，前往信誼基金會，就編輯小組這方面的原因是什麼？

答：我在編輯小組工作的時候，不知道是不是經費問題，本來應該有五名編輯的，可是員額常常不足，有一段時間只有我和總編，除了負擔這些員額應做的事之外，又總是會有額外的計畫插入，如：長期編輯《中華兒童百科全書》；還受委託，幫農忙托兒所編一套十本全彩色的《中華幼兒叢書》（這是台灣最早的圖畫書）。但有這麼多事，卻長期缺乏足夠的人手，我們都覺得心力透支，因此決定求去。

問：編輯小組若還存在，您認為可以有什麼作法讓這個機構發揮更多功能？

答：其實我覺得不管有沒有裁撤，台灣需要更好的創作園地來培養兒童文學人才，有些事情還是應該要繼續作下去。如繼續編分類百科，而且可以一面編，一面建立屬於台灣自己文化的網站，唯有這樣，我們才能掌握「文化解釋權」，發揚台灣的文化。另一方面，為了讓百科全書「永生需要」，需要一個專業的「修訂小組」，因為資訊是時時在變的，只有一直緊跟著時代的腳步，知識才不會褪色，讀物也才不會過時。

後記：

謝過曹老師之後，掛掉電話，思緒仍持續的翻騰。從曹老師清楚的描述中，感覺到編輯小組存在了三十幾年，確有它不容抹煞的地位。它在貧瘠的園地裡努力的扎根，提供了相當珍貴的課外讀物來源，義不容辭的陪伴台灣的兒童成長；同時也栽培了相當多傑出的本土兒童文學工作者。因為有了他們當時的努力，今日的兒童閱讀環境才得以如此繁花似錦，欣欣向榮。然今見到這樣的成果，就全然抹去當時努力的印記，著實令人十分心痛。而從曹老師的經歷中，雖可見到政府改善基礎教育的決心與努力，但似乎一直不夠用心，這也是無法長久留住人才，且能永續經營的要因吧！編輯小組是裁撤了，但誠如曹老師所說，有些事情是不能停的，因為只有持續重視自己的文化，透過「文化解釋權」，培養國人足夠的文化自信，國家才能一直生生不息，枝繁葉茂。

《中華兒童叢書》的另一位推手

——程怡秋

吳聲淼

大家都知道陳梅生先生和台灣兒童文學的發展，有著十分密切的關係。從一九六一年起，陳梅生先生擔任台灣省教育廳第四科科長，成立「兒童讀物編輯小組」，為負責此項兒童讀物出版計畫的重要推手，但是你知道嗎？另外還有一位先生也在此「兒童讀物出版計畫」中扮演了重要的角色？

一九五四年，台灣的局勢已大致穩定，接著美援來了，除了美援以外，還有一個外援機構是聯合國，聯合國有個兒童基金會（UNICEF），對台灣兒童的幫助很大，當年小朋友感染砂眼的情形很嚴重，基金會便為學童設計防治砂眼的計畫，使砂眼罹患率由七四％降至七％，防治工作做得非常成功。還有食鹽加碘計畫，因為台灣生產的鹽缺乏碘的成份，會導致甲狀腺腫大，也就是俗稱大脖子的疾病，全民都因此計畫蒙受其惠；另外當年教育廳為執行補助衛生教育，組織衛生教育委員會，其中有許多個計畫，如學生營養午餐計畫、供應脫脂奶粉計畫等，這些計畫的主持人，名叫程怡秋。

程怡秋先生有許多值得我們學習的特質：⑴他是「聯合國兒童基金會」（UNICEF）駐台主任。按聯合國規定，本國人不能駐在母國服務，唯獨他個人例外，他不但工作做得最有效率，而且在全球同等機構的考績，亦名列第一，名聞中外，對國家很有貢獻，尤其民國五十年代，外匯困難，他主持的好幾個計畫，都將大量的美金引進國內，多少有點賺進美金的意味，所以他與政府官員如省主席周至柔等都很熟悉。⑵他人際關係好。有時候，他的計畫要一些政府的配合款，執行廳處要透過財政廳編預算非常不容易，結果拜託他去主席辦公室走一回，他可當面報告主席，說此一計畫聯合國匯來多少錢，需要政府配合一點點，這麼一來，計畫配合款多數都能通過。⑶他英文程度好。向聯合國申請援助計畫，要做一大套文字工作，當然都要用英文寫作，程怡秋個人的英文造詣極深，可以不要起草，直接用打字機做計畫。他工作又勤又快，而且完全沒有官架子，完全是平民模樣。因為他是本國人，大家語言相通，用國語口述理由，他就可以改成英文文字計畫，有如此美好的一個主任駐在本國辦事，其成績焉得不好。(4)他樂於助人。陳梅生先生於一九七一年獲准進入美國田納西大學博士班，因為家庭負擔極大，積極籌措安家費用，其間向程主任詢問是否可以用改進國民教育五年計畫項下提撥獎助學金，以便繼續進修。程主任一口答應，同意提供一年二千四百元的補助金。不料第二年我國就退出了聯合國，聯合國也終止了對陳梅生先生的補助，不過程主任主動幫忙向教育廳申請一年的補助，教育廳彭震球廳長亦表示同意，陳梅生先生順利完成學業。

最後特別要提出的是：他是「中華兒童叢書出版計畫」的推手。一九六二年程主任在省政府衛生處、社會處都已有好幾個計畫在執行，與教育廳衛生委員會亦有密切的往來，有一天受到衛教會沈震主任的邀約，程主任和陳梅生先生見了面，相談之下，程主任問陳先生：「我們兒童基金會與教育廳第四科可有什麼計畫可以合作？」陳先生認為程主任當時手上的事務是兒童疾病的防治及營養午餐等事宜，和教育廳負責的教育項目似乎較無相關，思索之下，向程主任問道：「出版兒童讀物可不可以？」殊不知程主任對有關兒童之事皆抱有高度的熱忱，當即回答：「可以呀！」而且程主任非常積極，回去後，立即展開籌劃工作。在舊曆年假期間，程主任和陳先生擬定了各項計畫內容，並提供了完整的數據資料，忙了三天，完成了一本長達九十四頁的英文計畫書，送到位於泰國曼谷的聯合國亞洲分署。而當時亞洲分署的主任名叫肯尼（Kenney），曾從事於出版業，出版工作經驗十分豐富，對此一計畫非常贊同。

因此，程主任與陳先生第二次在霧峰會面時，一切計畫都OK，就直接商談計畫的執行了。原先陳先生只想出版兒童文學類書籍，程主任則主張將科學、營養與健康亦列入計畫中，於是決定此套出版分為三級三類：低、中、高年級三級與文學、科學、營養三類，然後定出經費預算：稿費、插圖、紙張、編輯人員薪津、印刷、雜支等。一九六四年起開始執行「中華兒童叢書出版計畫」，至一九六六年第一批共十二種的《中華兒童叢書》出爐，歷經了大約三年的努力。書籍出版後，讚美之聲不絕，且被譽為台灣第一批「世界級」的兒童出版物。

由於程怡秋先生對於兒童之事的熱切關懷，大力協助陳梅生先生完成了「兒童讀物出版計畫」，持此，我們可以肯定的是：如果沒有程怡秋先生的鼎力相助，就沒有「中華兒童叢書出版計畫」；又如果沒有陳梅生先生的理想與堅持，也就沒有《中華兒童叢書》的誕生。所以說，程怡秋先生是《中華兒童叢書》的另一位推手。

寫作之樂無窮

周密

母親來美探親時，總不忘帶一些書給我看。前幾年，她把厚重的全套《中華兒童百科全書》分三次千里迢迢的從臺北拉到聖路易，讓我既感動又擔心。母親患有嚴重的骨質疏鬆症，不宜過勞，但是她知道我會很高興看到十四冊出全的百科全書。因為，我曾經擔任兒童讀物編輯小組的編輯，對小組有一份特別的感情。

那一年是一九七九年，我剛從政治大學歷史系畢業沒好久，在國立中央圖書館任館長室的助理秘書。一日，看到報紙上刊登一則醒目的徵才廣告，是台灣省教育廳兒童讀物編輯小組舉行編輯甄選考試，歡迎大學畢業生應徵，科系不限等。

我在大學時期，已開始為國語日報兒童版翻譯兒童故事，得到當時主編，現任國語日報副社長蔣竹君女士的啟迪極深。寫作翻譯既是我的興趣，就立刻報名。

我記得考試當天有兩三個考場教室，有不少人來應試。考試項目包括英翻中及寫作等。有一題至今記憶猶新，是要我們將太陽系九大行星以生動活潑的方式介紹出來，當然讀者對象是學童。

由於考題不同一般考試，讓我覺得很新鮮有趣。編輯小組總編輯潘人木女士亦坐鎮考場，這是我後來面試時才把人名和臉孔連在一起。

教育廳兒童讀物編輯小組那時位於台北市和平東路三段台北師專的一棟磚房內，一進門，大間的是文字編輯室，左邊較小的一間是美編室。那一次共錄取四名，我是最後一個報到，新進編輯曹惠真和張依依面對面坐，張依依後面是陳文聰的座位，潘先生坐在另一邊，對面的大位空著沒人坐，就給我坐了。編輯小組的待遇相當好，小組編輯不屬於公務人員編制，沒有公教福利，薪金就相對的提高一點。當我向中央圖書館館長王振鵠先生辭職時，承蒙他厚愛，本想加薪慰留，不過他一聽小組編輯的起薪每月一萬元出頭，是加薪後的兩倍有餘，也就讓我就任新職。

我們這些新進的編輯主要職責是編寫和校對《中華兒童百科全書》，平日也協助校對《中華兒童叢書》各年級讀物。《中華兒童百科全書》是於一九七八年四月四日正式出版第一集。百科的主要工作方針早已確定，百科分條也經過縝密的籌劃和篩選，依注音符號羅列出來。總編輯潘先生每隔一段時間會發出一個百科分條的單字，讓編輯自行選擇二三十個負責來寫。

每當我開始研究一個百科分條時，就先思量是由自己寫，還是邀稿。如果是有關中華文化民俗地理法律等，通常可以向外界邀稿，如果是國外之人文地理，我就查閱百科全書，綜合譯寫。文字編輯室裏有多套不同的英文百科全書、科學百科、兒童叢書或兒童百科，以及辭海等各類參考工具書，研究使用非常方便。編輯小組有一份智庫名單，成員有的是大專院校教授，有的是機關研究人員或教師，編輯如手中有難題時，可以去電邀稿或請教。我很喜歡這份著重知識的工作，每天都抱著求新求進的心情去上班，既可閱覽群集，又可編寫百科全書為求知的學童服務，真是樂在其中。

編輯們收集邀稿及增減完成的稿子需先送給總編輯初審。潘先生對文字及內容要求之嚴格，可說是字斟句酌，毫不苟且。她常常念出不妥當之處，時時交回編輯們改寫。我坐在她的對面，不論是否出自我的手中，都一一聽個清楚，倒也獲益不少。潘先生在文學界享有盛名，且知人甚多，當她興致來時，用她字正腔圓的國語品評人物時事，相當好聽。雖然有時要趕稿，不過坐在她的對面仍然照聽無遺。

潘先生閱後，小組會將文稿送給專家審閱。至於文字工作也絕不含糊，就我記憶所及文稿另送給何容、子敏等先進閱訂，印刷大樣一校二校，務求內容詳實，文字通順無誤。這麼嚴謹的工作態度，我想一般出版商很難做得到。等到印刷完美的精裝百科全書送到小組辦公室時，文字編輯和美術編輯紛紛放下手中的工作，翻閱大家的努力成果，這大概是豐收後，最甜美的一刻！

一九八一年，潘先生辭去兒童讀物編輯小組總編後，由何政廣先生繼任總編輯。小組辦公室也於一九八二年搬到臺北忠孝東路一段臺灣書店大樓的樓上，辦公室面積至少增大五六倍，總編輯單獨坐一間，我也就不必像以前一樣需朝夕面對總編輯，而得到「解放」，感覺比較自由。

後來，我因魚與熊掌不能兼得，因而忍痛辭去編輯一職，於一九八二年秋入中國文化大學藝術研究所就讀。承何先生照顧並邀稿，我開始寫兒童叢書，由於時間能力有限，只寫成一本《莊子的世界》於一九八四年出版。小學時候開始閱讀兒童叢書，大學畢業後竟然成為百科和叢書的作者群之一，感到萬分榮幸。

我於一九八五年夏季到美國進修，漸少與兒童讀物編輯小組聯絡。從母親那兒輾轉得知百科編完後，開始編《兒童的雜誌》等。歲月流轉，我在美國中西部一待已近十八個年頭，成家育兒，有兩個小孩了。如今老二也已到我當初閱讀兒童叢書的年紀，他對我寫的各種書籍報導特別有興趣，雖然還無法自己看懂，大概還要多上幾年本地的中文學校吧。

前一時，母親告訴我兒童讀物編輯小組已經撤銷，並有歷史回顧與相關徵文活動等。我心中一陣悵然，好像少了一個相交已久的老朋友，又好似自己年輕時的過往路程被一刀斬斷。然而，我的寫作興趣仍旺盛如昔，寫作題材廣泛，皆拜過去編寫百科、校訂叢書的基礎。個人的生命能與一個具時代意義的機關一起成長，這是我感到最難能可貴的快樂經驗。

歷史的足跡

夏婉雲

又是一天的開始，我和志工媽媽一起到圖書室修補老舊的《中華兒童叢書》。事實上，半年前，我已經從學校退休了。窗外玉蘭花香浮動、鳥聲啾鳴，長型工作桌上，大夥兒連成一條「生產線」，有人用膠水、色筆修補書、有人鑽洞、有人穿線；有人修邊、有人做封皮，這些破皮、脫頁的舊書，經過一番整理，像「老店新開」的新舞臺，全上了抬面，有了新生命。

中間休息時間，我招呼大夥兒吃吃點心，富美媽媽問我：「夏老師！退休後又回來帶領義工，感覺我們還好帶吧？」

「豈止好帶，簡直太聰明了！你們畢竟是巧手，有打毛衣、做針線的手。」

在「哈哈哈」的笑聲中，清海媽媽又問：「這些書實在太

破舊了，好花工啊！」

「為什麼要修整這些舊書呢？」

「《中華兒童叢書》有什麼好呢？」

鐵槌一聲聲的敲著、鑽著，窗外飄進一陣陣玉蘭花香，甜甜膩膩的氣味，爬牆鑽縫而來，我深深地吸一大口，瞇著眼像她們細數教書的時光。

歷史是這樣開始的：

我是在民國六十年開始教書，六十一年到七十六年，是我大量閱讀《中華兒童叢書》並拿來做教材的時候，幸虧有此套書伴隨初任教職的我。此時，我喜歡讀的童話有《大蟻小蟻歷險記》、林良的《我要大公雞》，琦君的《花環集》、陳亞南的《法官與我》；而最有意義的是導引我進入童詩的世界。

這十幾年間，蓉子的《童話城》、華霞菱的《娃娃城》、《顛倒歌》、林武憲的《怪東西》、謝武彰的《天空的衣服》——這些詩集我常拿來做教材，帶自己的班不足，還在「團體活動」中集合各班的精英開「兒童文學組」、「童詩組」、在資優班實驗文字兒童詩教學，我用郭立誠的《兒童詩選》配合邱燮友的錄音帶吟唱舊詩，自編童詩，朗誦給學生聽，忙得不亦樂乎。

這十幾年間，各地的老師也蒙受《中華兒童叢書》的恩惠：黃基博在屏東仙跡國小做童詩教學、杜榮琛在苗栗海寶國小做出轟動一時的「海寶的秘密」，陳木城在臺北縣海山國小聚合了凌拂、黃有富等人正在書寫《童詩開門》。這個風起雲湧的年代，除了有《中華兒童叢書》可以出書，還有「洪建全兒童文學獎」可以參加。

很難想像在物質匱乏的年代，在兒童文學極度「荒涼」的年代，是如何生機盎然地「開始」一朵花的生長？但只要長出一朵，就會發現前前後後有許多朵，都在盛開著。這是多麼不可思議啊！

雖然，一個世代的風潮，是自然形成的，我們不可以左右風潮，但，我們可以改造環境。影響風潮的人，是陳梅生、潘人木，而小學老師們只知真誠的付出，雖能力有限、作法粗劣，但大家都是無私的奉獻。

民國七十五年，我在板橋「臺灣省教師研習會」參加主任班儲訓，終於見到心儀已久的陳梅生先生。那天，借調在研習會社會研究室的朱姓好友和我邊走邊聊，她突然指著走廊盡頭的男士說：「那是陳梅生先生，前任研習會會長。」

「促成《中華兒童叢書》的陳梅生？」我側身問。

朱點點頭，我腦中快速的閃動著。當下做了一個決定，拉著她迎上前去看「老男人」。

「他在省教育廳做第四科科長時，執行『聯合國教科文組織』的補助經費，用五十萬美金來編兒童讀物。」我連珠炮的說。等朱不可思議的側頭斜睇我時，我們已經到陳主任跟前了。

經朱的介紹，我們在走道上握手寒喧，我把話題引到民國五十三年兒童讀物出版計劃，他侃侃而談「當年勇」，並且說：「當年我們找到潘人木先生做兒童讀物編輯小組的主編，真是幸運啊！」

我心想：「編輯小組裡也不能缺曹俊彥、劉伯樂、邢禹倩啊！」看著他微駝的身軀、花白的頭髮，我微笑的看他比手言談，感受到老男人的熱情洋溢，那一年我三十出頭，《中華兒童叢書》已出了四百五十多種。

很難想像臺灣的各地國小老師和美國的「聯合國教科文組織」會扯在一起。是怎樣的際合把一個小學老師引上兒童文學之路？是陳梅生嗎？是潘人木嗎？還是大時代的環境！

歷史的浪潮來了又去，聯合國教科文組織不知一顆種籽會落在何處發芽？陳梅生不知，潘人木也不知。

一年後，我參加「兒童文學研習營」。席間，華霞菱老師講述她上國語課時用《中華兒童叢書》作補充教材，她熟悉這五百多種書，查出哪一冊哪一課可以閱讀那幾本書，並列出十二冊課本的配合清單來，我覺得這個清單非常實用。民國七十八年起我進入臺北市國教輔導團國語小組，到各校輔導時經常推薦這種延伸閱讀書單。

再以後，我做了九年的主任，雖然在國語科輔導團兼職，但在學校已不教國語，上的課大多是社會課和自然課，我才發現《中華兒童叢書》的自然類、社會類和健康類也很適合做補充教材，常往圖書室翻箱翻櫃的找，並且往專科教室一落落的抱。

退休前的最後半年，我掌管學校的圖書室，發現《中華兒童叢書》用塑繆繩綁著，以節省空間。它經歷三十年的風霜，以前艱困時期的紙質、封皮都不堪考驗，以前的山巔、海邊全省國小配發制，它的普及化、平裝版都不合現代潮流。為此，我們全校召開會議，有人主張發給學生做獎品、有人主張給學生自由索取，有人主張給各科教師剪剪貼貼佈置教室……，望見落著、綁著的四百多冊《中華兒童叢書》，我的心在痛。

考慮三天後，我向學校建議：「退休後，我召募義工一起來修補。」

修補了一天，在回家的路上，我望著變化難測的雲。心想：歷史的浪潮前撲後繼，很難想像在那個荒涼的年代，是如何「開出」一朵文學之花的？

到了夜晚，走在堤防上仰望天空繁星閃爍，我望著五百年前的星光冥想：宇宙群星何其浩瀚，地球何其渺小？人類何又其渺小？我又更加渺小。而每個人在各個崗位上，留下星光點點，一如陳梅生、一如潘人木，誰又能預料一本書的果實，會在哪個學生身上開花呢？

舊書翻新兩代情

吳家深

政府長久以來推動閱讀運動，希望建立一個書香社會，早期「聯合國兒童基金會」補助我國成立「兒童讀物編輯小組」，編輯出版了「世界級」的本土兒童讀物——《中華兒童叢書》。退出聯合國之後，編輯小組改制為基金會，由學生每人每學期繳交十至二十元作為基金繼續運作，每年出版三十三本書，三十八年間教育廳兒童讀物編輯小組一共出版了九百七十三種《中華兒童叢書》，並發行了《中華兒童百科全書》及《兒童的雜誌》等兒童讀物。新政府上任後雖然裁撤了編輯小組，另組兒童閱讀諮詢委員會，但以每年編列預算，由教育部統籌發包，購買兒童讀物分送到各個學校的方式，繼續推廣兒童閱讀。

回顧西元一九六六年（民國五十五年），第一批十二本的《中華兒童叢書》，在大家的企盼下誕生了，由於當時國內的經濟環境並不是那麼富裕，相對地專門供兒童閱讀的兒童讀物少之又少，不只品質低劣，而且單價也高，不是一般家庭所能負擔得起的。《中華兒童叢書》的出版，不僅是我國兒童讀物進步的奠基石，也是我國兒童文學發展的里程碑。一本本由兒童文學名家創作的精美圖書，從此陪伴了無數學子們的快樂成長，他們從中吸收了許多科學、營養衛生及語文方面的知識，成為今日國家發展過程中不可或缺的棟樑，如今這些當年受惠學子的下一代也已是國小的學齡兒童了。雖說時代進步了，印刷出版業也隨著科技發展而大幅的躍進，不可同日而語，但是這些當年受到《中華兒童叢書》滋潤的爸爸媽媽們，卻認為好東西在價值上是不會隨時間過去而遞減的，其精髓更是歷久彌新，他們認為這些當時集結了國內首屈一指的作家們，嘔心瀝血的結晶，經過卅多年的時間考驗，仍然綻放著光芒，其內容無論是在文學或是在藝術表達上，與現代童書相比毫不遜色，許多家長還特別到書店尋找舊版的《中華兒童叢書》來給小朋友看呢！

《中華兒童叢書》的推手陳梅生先生，早在一九五三年到一九五六年間擔任過龍安國小的校長，在任期間對於小朋友的語文教育不遺餘力，甚至辦過《中國兒童週報》、《學園雜誌》刊物，這些出版兒童讀物的經驗對於後來教育廳《中華兒童叢書》的出版有其深遠的影響。台北市龍安國小是一所充滿了書香的學校，小朋友愛看書，社區媽媽更是以在學校圖書館當義工為無上的光榮。三年前，義工媽媽們在圖書館的角落發現了民國五十幾年發行的《中華兒童叢書》，有些人認為這些書太過老舊，學生不愛看，可能只有丟掉或當廢紙賣掉一途，但大部分義工媽媽對這批自己小時候讀過的好書卻有著一種久別重逢的親切感。這些舊書經過了三十多年的歲月，不但蒙上了灰塵，有的還殘破不全，於是義工媽媽們展開了一項史無前例的閱讀希望工程……舊書翻新。九十幾位的義工媽媽們靠著雙手，從自我摸索中找出了修復的方法，最後竟然熟能生巧的成立一條「生產線」，將五千本舊書逐一清潔、打洞、裝訂、切邊、貼膜、編碼，雖然過程繁複，但是大家輪班做，做不完的，還有人帶回家去做呢。最後，大家為八百零二種、共兩萬四千三百六十六冊的《中華兒童叢書》編寫書目以方便使用者查閱，其中第一號是由林海音編輯、林良撰寫、趙國宗繪圖的《我要大公雞》，是《中華兒童叢書》最先出版的一本，更是彌足珍貴。修復工程完成以後，這些原本蒙塵、脫頁、被遺忘的舊書，從此展開新的生命。

義工媽媽們將舊書修復以後，龍安國小接著舉辦《中華兒童叢書》專題閱讀系列活動，並以這套書的第一本書《我要大公雞》為活動名稱。學校圖書館將四萬多冊藏書做一番大挪移，騰出一部分空間讓兩萬四千多冊《中華兒童叢書》重新上架，讓學生能方便借閱，另外還有古早味的租書店、四嬸婆的柑仔店、親師座談、大樹下說故事等有趣又有意義的活動。義工媽媽們為了方便孩子們看書，還特別提供「班配」服務，推著菜籃車將好書送到各班教室，並舉辦閱讀心得有獎徵答，鼓勵小朋友多多閱讀，這些活動引起全校小朋友們熱烈的迴響，借書的小朋友更是絡繹不絕，小朋友變得更喜愛閱讀了。

龍安國小「舊書翻新」的活動，讓義工媽媽一方面擁有著修復的成就，一方面也可回憶著兒時的閱讀樂趣，當然別有一番滋味在心頭。小朋友們也可以在媽媽的指導下，享受親子共同閱讀的樂趣。一套好書的出版，不僅會影響當時的讀者，甚至它的影響力還可以一代一代延續下去，直到永遠。《中華兒童叢書》經過了兩個世代的檢驗，證明它是一套不折不扣的好書，相信它能越陳越香，繼續連繫著世代間的情感。

學校圖書館的舊書，就好比家中的老人家一樣，擁有豐富的智慧與寶貴的經驗，古諺說：「家有一老，猶有一寶」，您說是嗎？

探訪《中華兒童叢書》的森林之旅

林蓉敏

壹、前言——烏托邦的森林

紀德說千古不朽的藝術作品，其特點就在無論時尚怎麼改變，它總是有辦法滿足任何時尚的任何人（轉引自劉怡君，2001）。兒童讀物編輯小組出版的《中華兒童叢書》、《中華兒童百科全書》、《兒童的雜誌》、《中華幼兒叢書》等兒童讀物即扮演了這樣的角色，伴隨著台灣多數孩童走過學習生涯，藉此發揮了深遠的影響與貢獻極大的力量。

貳、因緣——走入森林小徑

筆者因小時候家境清寒無力購買課外讀物閱讀，為此常覺得自卑又自憐。幸得學校班級圖書中購有兒童讀物編輯小組出版的相關書籍雜誌，筆者始得以獲得課堂外的新知，因此對《中華兒童叢書》的記憶，就像是隱藏在年少求學圖像中的望遠鏡，讓我得以透過它看到遠方，亦像是輕少逐夢畫像中的廣角鏡，讓我得以經由它發揮想像。當時雖物資缺乏，但卻豐富了我的精神食糧，在那經濟剛起步的時代，因為有這樣默默付出的兒童讀物，得以建構出重要的台灣兒童文學發展與加速台灣社會的成長。笛卡兒曾言讀好書就像和那些最優秀的人們互相對話一般，因為有這些優良創作，我的求學生涯不再孤單而無味。

參、閱讀教學——飛舞在森林中

兒童藉由閱讀可以吸收知識，促進學習與成長，並從而獲得興趣，豐富生活（江滿堂，2001）。是故，筆者認為應把握此關鍵時期，善用閱讀教學策略與形塑合適的閱讀情境。莎士比亞曾說生活裡沒有書籍，就像沒有陽光；智慧裡沒有書籍，就像鳥兒沒有翅膀（轉引自黃金茂，1999）。筆者從童年學習過程中了解到閱讀的重要性，希冀能從日常生活中的教學情境來引導學生喜愛閱讀，以提昇學生的閱讀動機、改善閱讀態度與增進閱讀習慣。然巧婦難為無米之炊，受限於學校經費不足與設備缺乏，如何實施閱讀運動著實煞費苦心，幸班級圖書的《中華兒童叢書》燃起筆者心中的希望，希冀能藉由對教室環境的變動與調整學生學習文化，進而塑造良好的班級閱讀氣氛，以期自身能達到不只是單純的知識傳播者，而是學習的促進者（吳宜貞，1998）。

柯華葳（2001）指出閱讀經驗會影響其閱讀行為，筆者經由自身的學習過程對此研究結果深表贊同。而洪文珍（1997）指出優良兒童讀物的出版、研究及推廣，是最重要的兒童文化活動，而兒童讀物導讀是推廣兒童讀物最重要的一環。是故，筆者以身教重於言教的親身示範並且於課堂中對學生述及《中華兒童叢書》所給予我的深厚影響，使學生願意去親近它進而跨出成功閱讀的第一步。閱讀是終身行為，及早在青少年時期培養良好的閱讀習慣，終身將享用不盡（張子樟，1997）。是故，筆者於課堂中藉著不同方式來推展《中華兒童叢書》，致力希望能將日常學習的教室變成學生閱讀的天堂，讓學生能每天快樂的就像飛舞在森林中的鳥兒一般。

肆、結語——小草大樹森林

有人說百分之一的希望，百分之百的努力。而《中華兒童叢書》，它可以是一株小草，也可以是一棵大樹（陳思婷，1996），甚而是一片森林。兒童讀物編輯小組出版的作品，其接受來自時代的考驗，帶給人們啟示，藉以檢驗過程，檢視痕跡，其價值意義彰顯在時代的浪潮裡（石良德，2001）。《中華兒童叢書》幫助學生在分離的時代中建構新的思潮，在探索世界奧妙裡拓展新的視野，對社會的助益奉獻甚巨。

雖麥克阿瑟言老兵不死，只是逐漸凋零。但認真做自己想做的事是件美事，而認真又能堅持則是一件偉大的事（蔡淑媖，2001），兒童讀物編輯小組達成了這樣艱鉅的階段性任務。我們知道時代的巨輪不會停止，世界正朝著各種可能的方向在前進（張嘉驊，1998），但希望所有的困境與挫折，均能突圍與獲得重生。我想兒童讀物叢書所埋下的是一個卓越概念的種籽，在世代交替的接棒中，正準備在未來發芽、茁壯和茂盛，且讓我們拭目以待。

伍、參考書目

石良德編著（2001）。中國寓言的智慧。台北：好讀。

江滿堂（2001）。開啟兒童閱讀智慧～以高雄市鼓岩國小為例。國教天地，143，68-70。

吳宜貞（1998）。影響閱讀動機的因素-看教室環境與文化。師友，378，23-26。

洪文珍（1997）。兒童讀物的導讀模式。兒童文學與教育學術研討會論文集，130-159。台東：國立台東師範學院。

柯華葳（2001）。兒童閱讀行為與閱讀策略。兒童文學、閱讀與通識教育論文集，235-247。台東：國立台東師範學院。

陳思婷主編（1996）。閱讀運動。台北：天衛文化圖書有限公司。
張子樟（1997）。作者、文本與讀者-從少年小說談青少年讀者的閱讀行為。兒童文學與教育學術研討會論文集，109-129。台東：國立台東師範學院。
張嘉驊（1998）。教孩子做一本想像的書。師友，376，57-60。
黃金茂（1999）。開啟國小兒童的閱讀習慣。師友，390，60-63。
蔡淑媖（2001）。從聽故事到閱讀。台北：富春文化事業股份有限公司。
劉怡君改寫（2001）。伊索寓言的智慧。台北：好讀。

PART II

閱讀與教學

兩代童年一般情

范富玲

民國五十一年秋天，我出生於新竹縣的山中小鎮，和哥哥姐姐的年紀有一段的距離。

那個年代，大家都窮，生活中最大的樂趣就是晚上到鄰居家看電視，從吃過晚飯就看，一直看到電視台播放國歌，全家人才一起回家休息。依稀記得，我總在大家專注看電視的時候，偷偷的打開鄰家哥哥的書包，一頁一頁的翻看他的國語課本，對我來說，那些紙張上面印刷的文字與圖案，簡直比電視上的節目還要吸引人。

升上國小三年級不久，我們的木造教室在一個秋天的夜晚，被一把無名火給燒得精光，於是，好幾個班級擠在禮堂上課的窘況出現了，我們甲班在禮堂南邊上國語課，卻可以聽到乙班在禮堂北邊上數學課，而丙班老師由東邊傳來的自然課講解聲音也如潮洶湧。

這樣一個「大」教室裡擠了一百多名學生上課，老師的辛苦可想而知。可是，我們都很乖，不敢吵鬧。因為老師說，如果大家上課不吵鬧影響別班的話，就給我們獎勵。到底是什麼獎勵如此有效呢？

「如果你們上課秩序好，老師就去圖書室借故事書出來給你們看。故事書可是比課本有趣一百倍呵。」老師說。

故事書？大家的眼睛都亮起來了。國語課本已經夠吸引人了，竟然還有比國語課本更有趣的？真是太神奇了。於是，為了能夠看到有趣的故事書，我們都乖乖守秩序，不敢影響別班上課。

到了約定的那一天，老師果然由圖書室搬回來一疊故事書，一人發一本，大家安安靜靜地看。我記得自己發到的那一本故事書名是《蔡家老屋》，故事敘述一棟鄉下破舊的姓蔡人家留下的舊屋，因為年久失修，傳出鬧鬼的事情，繪聲繪影，

鬧得人心惶惶，我讀著的時候，內心也跟著故事的起伏七上八下，十分的害怕。後來，劇情峰迴路轉，在勇敢的主角冒險探究之下，發現原來是舊屋中的老鼠在作怪，引起了眾人的誤會。

《蔡家老屋》是我此生接觸的第一本故事書，故事緊張動人，因而在我的腦海中留下深刻的記憶，近幾年才知道它的作者原來是林海音。對我這個在五十年代鄉下成長的臺灣小孩來說，生活中最大的樂趣，就是閱讀《中華兒童叢書》。那些薄薄小小本的書，就像美麗的顏料一般，彩繪著我的童年。這叢書也彷彿是我的人生之鑰，它開啟我的文學大道之門，引領我走入了閱讀世界，更甚而後來還走上了兒童文學的創作之途。

升上國中以後，升學壓力讓人透不過氣來。我最想念的，就是國小時閱讀的一本本故事書。之後，進入師範體系，成為一名國小教師，才知道，原來《中華兒童叢書》，是一個叫作「兒童讀物編輯小組」編出來的書。這時的國小，也都建有窗明几淨的圖書室了，我們可以定期帶著學生到圖書室坐下來看書，讓學生自己選書來看，不像我們當年，老師發哪一本故事書，我們就得看哪一本。

時間一年年過去，當我成為一名資深教師時，《中華兒童叢書》配發的數量更多了，每個班都可以分配到屬於該年段適合的書籍。每當圖書室阿姨分配新到的《中華兒童叢書》時，我會逐本說明其特色與趣味，臺下一雙雙明亮的眼睛聽得津津有味，我剛把書介紹完，立刻就被學生借走了。

比起當年的《中華兒童叢書》，晚近這幾年編得愈加豐富，舉凡童話故事、少年小說、生活故事、藝術家傳記、生態保育、臺灣鄉鎮特色介紹⋯⋯等不一而足，包羅萬象的內容，滿足了現代孩子對週遭環境的好奇與探求。

我的孩子也是讀著《中華兒童叢書》長大的。有時候，我會驚喜地發現孩子的常識比我們還豐富，一問之下，才知道原來是讀自《中華兒童叢書》所得的。有一陣子家中小貓食慾欠佳，讓我十分擔心，女兒建議我，可以更換別家的品牌，不要老是給小貓吃同樣口味的食物，以免小貓失去胃口。我半信半

疑照她的話去做，換了新口味，小貓的胃口果然大增，不久就長成了圓滾滾的小胖球。

「女兒，你好厲害，怎麼知道貓要換口味？」我無限崇拜的說。

「沒什麼，我是從《家有寵貓》這本書看到的。」

哎！《家有寵貓》一書正是《中華兒童叢書》之一，作者是心岱。

雖然現在坊間已經有許多精美的兒童讀物出現，我們也常帶孩子去逛書店買書，然而，學校各班配發的《中華兒童叢書》仍是她的最愛。而每個月出刊的《兒童的雜誌》，內容豐富，有人文，有地理、有科學⋯更是她每個月初不可少的精神食糧。孩子的老師常稱讚她見多識廣，我想，這與她是嗜讀《中華兒童叢書》、《兒童的雜誌》，及有事沒事就翻開家中那一套「中華兒童百科全書」所打下的基礎吧！

去年年底，兒童讀物編輯小組也已經完成階段性任務，走入了歷史。

這半年來，孩子偶而會問：「最近學校的《中華兒童叢書》怎麼好久沒來新書啦？」話裡不無期盼之情。在她的眼裡，我看到了自己當年對《中華兒童叢書》的狂熱。

不一樣的年代，我們母女卻對《中華兒童叢書》，有著同樣的眷戀與喜愛。

今年夏天，我的孩子即將結束童年，升上國中了。我很慶幸，孩子生得早，可以趕上和我有著一樣的童年回憶。因為，我們都是讀《中華兒童叢書》長大的。

《中華兒童叢書》與我

陳瓊琪

一、前言

「老師，妳看，這本195期新的《兒童的雜誌》上面，寫著『停刊號』耶！是不是表示以後不出版這本雜誌了？」

班上一個愛看書的男孩子，手拿著《兒童的雜誌》，像發現新大陸一般的告訴我。

「你看得好仔細喔！沒錯，因為政府已經沒有這筆書籍預算了，只好停刊了」

「哇啊！那以後不就看不到這麼多采多姿的書了，好可惜喔！」

這是幾個月前在我班上出現的一個畫面。《兒童的雜誌》從七十五年創刊至今，讓學童們百看不厭，十七年的歲月，足夠讓一個小嬰兒長大成人，那《中華兒童叢書》有幾歲？對於一個與它一起成長的我，自然藏著一份難以割捨之情。

將近四十年的歲月，《中華兒童叢書》陪伴過無數孩童走過童年，提供了偏遠山區教師教學資源上的輔助，早可以說是孩子、老師、家長們的好朋友了。如今，這份濃厚的感情，即將畫上休止符，成為甜蜜的回憶了。

二、童年憶往

記得當時年紀小，因為學校地處偏遠，峰峰相連，對外交通不便，家人代代務農求溫飽，自然缺乏物資來源。而學校的人力、環境設備，就如同張藝謀先生導的電影「一個都不能少」的場景一般可憐。我就是個務農山區長大的小孩，所以，深深感受到《中華兒童叢書》，對於家境清寒，無力購買課外書籍的孩子而言，無異是莫大的福音。

記憶中的圖書室畫面，是空間窄小，書籍幾乎千篇一律的樣式，除了童話故事，就是《中華兒童叢書》系列了。

猶記得國小時候，老師們會與我們約法三章，聽話的同學可以享有一些福利，算是好表現的獎勵，例如：一本簿子都被打甲上，可以領一枝鉛筆；月考考四百分，可以到老師家玩。其中最吸引我的是獎賞是：一星期都沒有不良表現的同學，可以利用星期二第二節下課，到圖書室借書。（由於學校書籍不多，又怕被破壞，所以一星期才能開放一次借書機會。）能夠到圖書館借書是多麼光榮的事呀！三次月考都拿到前三名，也沒法子得到一本書當獎品，況且以當時的情況而言，肯定只有乖乖牌才借得到書。

其實，我去借書的次數並不多，一方面怕把書弄髒或弄破、弄丟，根本賠不起，一方面又是小孩子愛玩的天性使然，下課不去玩才怪呢！所以，當時看的書實在是少之又少，但也因此，對於所看的書更有感受，印象更深刻。

三、歡欣歲月

當我進到圖書室，幸福與滿足感自然浮現於臉上，一本本書籍垂手可得。東翻翻西摸摸，不管是哪一本都好，反正沒人來趕。這種幸福的感覺很像擁有黃金寶藏一般。

不記得是幾年級時，看到這本《小琪的房間》，感覺特別親切，因為我的房間和小琪的房間實在是太像了——亂得可以，為了怕同學知道我的房間是這麼亂，還一直不讓同學發現到這本書，後來想到這一段往事，實在為自己的天真感到好笑，頗有此地無銀三百兩的意味，然而，也幸好有了這本書的提醒，給了我省思的機會及空間，使我國中開始到外地就學以來，都能保持房間的乾淨整齊。一個好的習慣養成，就是為自己儲備一份最豐盛的資產吧，我想。

《千分之一秒的靜悄悄》是很特別的一本書。記得看這本書時，我是被這本書名所吸引的，沒什麼文學造詣的我，自然無法領會其中的涵義，幸好好奇心驅使著自己，想一探這葫蘆

裡究竟賣著什麼藥，沒想到是愛不釋手。原來，童話故事是那麼的有趣，還可以把各種聲音一一的裝進袋子裡，每翻一頁，就是一個新發現，這樣的趣味性與想像力，啟發了日後我喜愛文學的興趣。

《汪小小學畫》一書中讓我明白，人無分大小，重要的是機智反應的運用；學習是必要的，不但增加技能，必要時還可自救。

從小看天氣吃飯的山區農家子弟，早練就了一身預測天氣的本領，想當然爾，與我這採金針公主息息相關的是《從小事情看天氣》，不過，是《撿貝殼》給了我編織幻想的空間，在海邊漫步在沙灘悠閒撿拾貝殼……當然身邊少不了王子陪伴的美夢。

四、結語

直到現在，對於《中華兒童叢書》的喜愛不減，即使是多年前出版，早已被翻的稀爛的《大肚蛙遊記》，或是近幾年才

出版的《二哥，我們回家》；是關於地方特色介紹的《台灣的後花園——臺東》，或是《本土畫家——楊三郎》，都成了我和孩子們聊天和分享的話題，報告和創作的資料來源。長久以來，「看完這本書，請你想一想」的遊戲，已經成為班上同學共同閱讀之後的思考習慣，每位小朋友會自己設計問題，讓同學們說出自己的看法，這應該是珍貴的附加價值。

每當翻閱《中華兒童叢書》，心中都會泛起一股悸動，因為，在這裡頭，我看到眾作家、繪者們的用心與巧思，是那麼認真用生命在為孩子們寫作而努力。這些作家們為本土教育投注了一股清泉，提供了眾多學子知識泉源，更喚起了台灣濃厚的情懷。

不管每一本書，每一位作者、繪圖者，當初寫作的動機為何？設定的目的主旨是什麼？三、四十年來的努力對於學童而言，都是無可取代的，即使時空轉換，即使各式各樣的兒童讀物已充斥市場，我相信這一份心，這一份讀物，早就深烙人心。

撒播一顆種子

林惠珍

很久以前，在東北一個小村子裡住著一戶王姓人家，王老太太帶著三個兒子一起過活，兒子們雖然很勤奮，但是運氣都不好，全家人只能求得溫飽，誰也沒有見過整塊的銀子是什麼樣兒。有一回，村裡最有錢的金家娶媳婦，兄弟三人張羅了好幾天，才湊足了十吊銅錢和一盒小絨花，交給媽媽帶著去上禮。王老太太從來沒給誰送過這麼重的禮，心想這回金家一定會招待她坐首席。沒想到，穿著華麗的張老太太走進來，身邊的小姑娘手裡捧著幾個又白又亮，當中鼓鼓的，兩頭翹翹的東西，馬上吸引了大家的目光，王老太太被人從椅子上拉起來，以後再也沒有人招呼她，也沒有人注意她了。王老太太受了這樣的冷落，心裡覺得很難受，聽說張老太太送的是值錢的元

寶，可是元寶是什麼玩意啊？王老太太回家以後悶悶不樂，兒子們費盡心思給媽媽找元寶，可是都沒成功，直到三兄弟想出了辦法：一個把麵和好，擀成薄薄的皮兒；一個把肉剁碎，加上作料；一個把菜配好，跟肉混在一起。然後把這些餡兒，分別包在麵皮裡，在外面捏上幾個摺兒，這樣就真的變成白白的，當中鼓鼓的，兩頭翹翹的元寶了……

《冒氣的元寶》這本書描述一家人的歡樂幸福和希望，還有美味好吃的餃子的故事。《金橋》是阿金守在小木橋旁邊，勇敢的救了七個哥哥的故事，令人驚訝的是，阿金竟然就是作者的舅舅。《難忘的假期》是王平、陳天石、高小眉三個孩子到灰屋去探險，真誠的態度感動了脾氣暴躁的怪人伯伯，度過一個最難忘，也最快樂的假期。還有緊張懸疑的《蔡家老屋》，每天半夜，紅磚的樓房裡傳來「戈登、戈登」的腳步聲，是蘭姑娘？是慶妹？還是杏花？大表哥決定帶著大夥兒前去一探究竟，沒想到竟是被捕鼠器夾到尾巴的老鼠在作怪。這些五十、六十年代出版的《中華兒童叢書》，已經有四十多年

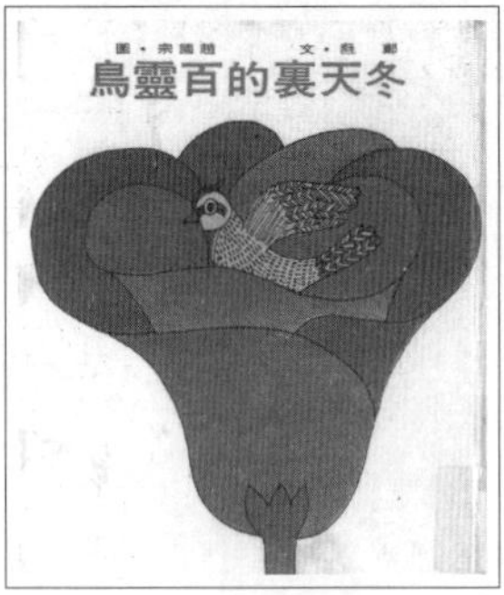

的歷史了，小小薄薄的一本，沒有華麗的外表，也談不上精美的圖畫，但是故事中透著濃濃的情感和樸拙的人性，雋永的滋味是台灣孩子共同的記憶。

我深深相信，美好的閱讀經驗足以讓人終生回味。小學三年級的時候，有一天老師搬來一個箱子，裡面裝了許多書，每個同學分發到一本，看完了，要和別人交換，全班交換了一個輪迴後，就把書箱送到別班去，再搬回來一箱新的書，就這樣，我接觸到生命中的第一本課外書。有著金黃色翅膀的小百靈鳥越來越驕傲，到處都不受歡迎，直到牠聽了小螞蟻的話，才改變了驕傲的態度，牠拔下兩根黃金羽毛送給憂愁的母親，又拔了兩根金羽毛給沒飯吃的孩子，最後，牠把金羽毛都送光了，變成一隻不會飛的鳥，寒冷的冬夜裡，大家聽到百靈鳥悅耳的歌聲，感到特別的溫暖快樂。這本《冬天裏的百靈鳥》溫馨的故事內容深深的打動了我，圖畫中百靈鳥金光閃閃的漂亮羽毛更吸引了我的目光，沉醉在書中，閱讀的愉悅種子在心底萌芽滋長。許多人和我一樣，在那物資缺乏的年代，心靈卻擁有一片燦爛陽光，兒童讀物編輯小組在推動兒童閱讀上發揮的深遠影響及貢獻，是我在從事教育工作多年後才有了更深刻的體會。

兒童讀物編輯小組的成立，有極其重要的歷史背景，雖然完成了階段性任務，終至面臨裁撤的命運，但是，九百多冊的《中華兒童叢書》並未因此走入歷史，對台灣兒童文學的影響也絕未稍減。

事實上，學校圖書室裡的《中華兒童叢書》一直是我推動班級閱讀的最佳選擇，其原因有二：數量多，班級統一借閱，共同閱讀，共同討論，適合做延伸教學活動，節省購書預算，經濟實惠是我考量的重要因素；此外，透過閱讀，讓現代孩子了解本土兒童文學作品的多樣面貌，珍惜台灣的文化資產，在國外大量的卡通漫畫、翻譯童話林立之下，更顯現其不可取代的地位。當然，早期的《中華兒童叢書》不論在編輯、印刷技術上，或是插畫、文字內容上均無法和精美高貴的現代兒童讀物相比，但是只要用心，你會發現其中故事動人、文筆流暢、

內容豐富的優良作品還真不少，絕不會因為時代背景不同而落伍淘汰的。

身為一個基層教師，在繁重的教學工作之餘，推動兒童閱讀活動一直是我著重的方向，也是努力的目標。我和學生一起閱讀《快樂的假期》這本書，回味著小時候在鄉下捕蟬、捉蜻蜓、捉金龜子的趣事，學生也體驗了和現在截然不同的暑假生活。《七年日月長》雖是一本屬於健康類的書，但是一點也不枯燥乏味，相反的，由於作者本身是醫學院畢業的現任小兒科醫生，更覺得生命可貴，處處流露著悲天憫人的慈悲心。得了肌肉萎縮症的小真、罹患血癌的阿辛、祭拜「獻體」的老工友、回不了家的小男孩……每一篇文章都有一個動人的故事，面對脆弱而短暫的生命，孩子們更應該好好的珍惜。還有一本我們都很喜歡的書是《臺灣小朋友的臉》三十五個照片的故事，這是一本以黑白照片配合簡短文字呈現的書，有孩子的笑臉、哭臉、扮鬼臉，還有漁村小朋友、原住民小朋友的臉，每一張照片都是如此的純真可愛。於是，全班同學也卯足了勁，回家找來自己最得意的照片，在「看照片，找主人」的大猜謎活動中引來陣陣歡呼和尖叫，孩子的臉真是多變而有趣啊！

在我的成長過程中，《中華兒童叢書》帶給我難忘的閱讀經驗，現在，我把這種美好的經驗傳承下去，如同在馨香豐美的沃土上勤加澆灌施肥，小小的種子終能展現繁花盛開的美景。

我永遠的朋友

——《中華兒童叢書》

閻瑞珍

就讀員林國小三年級的時候，我很幸運的遇到了生命中的貴人——周保蓮老師，也是她，使得我和中華兒童叢書，結下一個美麗的緣分。當時的周老師雖過知天命之年齡，仍保有熱忱的教學精神。

我還記得她總面露溫柔的笑容，輕聲細語的叮嚀我們該做的每件事，在我的印象中，她好像沒有用過很兇的話語罵過我們，連班上又髒又懶的討厭鬼，她也是很有耐心的教導他。所以大家都很喜歡老師。

老師喜歡看書，她更鼓勵我們看有益的課外讀物，假期的作業常是要我們寫心得報告；心得報告包含幾個主題：有插圖、大意、感想、佳句摘錄、作者、書名、出版者。我總是很

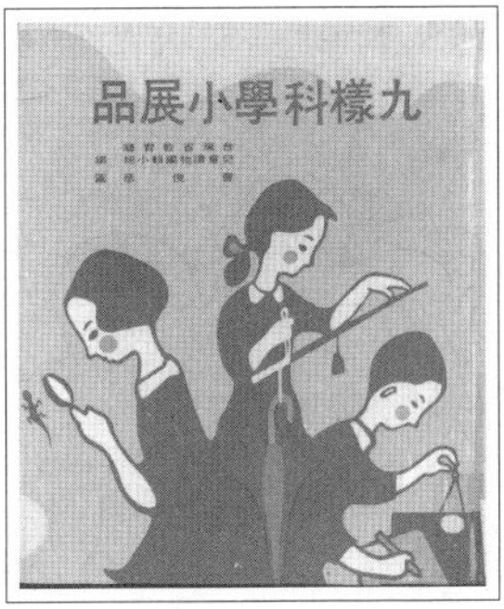

認真的寫，因為我很喜歡她，很希望藉著這作業引起她更多的關注。

老師常推薦我們看一些課外書，像《睡眠和夢》、《大家一起畫》、《線上間上來回跳》、《印章》、《九樣科學小展品》等，很巧合的是，這些書都包含在《中華兒童叢書》裡，因此，在我心底深處，自然就對《中華兒童叢書》產生莫名的好感。看到它們，就會使我想起親愛的周老師。

小時候，我對自己一直沒有自信，可能生長在大家庭裡，父母無暇在知識上教導我，以致某些常識我比同年齡的孩子知道的還少，國小一、二年級的成績又奇差無比，加上對自己要求高，卻又達不到。

可是周老師卻經常稱讚我，我做任何事，她總有辦法找出可以激勵我的地方。因著老師的緣故，下課時間我和另外兩位同學，都可以到學校那個設備齊全的圖書館看書，自然而然的，我都挑《中華兒童叢書》的書籍來看。久而久之，我克服常識比同年齡孩子還少的窘況，因為這套書籍內容豐富，不但

有各類故事，還包括美術、自然、生物、科學、童玩、古蹟等的介紹，耳濡目染下，我懂得的事情越來越多，最後甚至老師問的課外問題，我竟然都知道，無形中，我從自卑的陰影走出來，奇妙的是，國小三年級之後，我的成績也進步神速，後來都是名列前茅，大家對我刮目相看，這是拜周老師以及《中華兒童叢書》所賜。

升上國中的我，個性變得叛逆古怪，常不經意就和父母起衝突，其實我也不是故意的，可是就是有一股莫名想反抗他們的情緒在翻騰，怎麼也壓抑不下；後來我乾脆再閱讀中華兒童叢書，看一看《歲月的腳步》、《走進叢林》、《大家來看電影》、《談戲》、《花神》等，奇妙的是，我竟然轉換心情。沉浸在書香的世界中，我和父母的爭執也不知不覺的減少了，取而代之的，是更多的包容和關懷。

後來家中發生巨變，經濟狀況一落千丈，我竟能毫無怨言與家人同心協力、共同走過，這真是令我不敢想像，尤其在夜深人靜，看見父母疲累憔悴的臉龐，想放聲大哭卻不敢的時

候，我只能翻開這一套書，企圖從中尋求安慰和鼓勵。在無助中，常常書中的一句話或故事人物勇敢、進取的形象，適時給我力量，支持我、提醒我不要憂心，不要灰心，永遠都有希望。這時候我常讀《張大千傳奇》、《說葉子》、《西洋畫家故事》、《快樂的牙齒》、《白雲山莊少莊主》和《悠遊台灣》，讀一讀書，真覺得書中自有黃金屋，不再覺得自己很貧窮，反而覺得自己很富有，就不再因家中經濟狀況差而難過或心疼父母的辛勞而落淚。

高中之後，因為受到一些思想的衝擊，整個人處於混亂中，所以非常沉默寡言，不想和任何人親近，在校園中，連我的身影也是寂寞的。而《中華兒童叢書》在此時，更是我親愛的朋友。現在真的很難想像當時的情形：我寧願看著這套書，和它們說話，也不願和同學說；我寧願聽這套書說話，也不願聽別人說話。所以，這套書和我情誼日漸深厚。

念了師院之後，我變得開朗多了，常常和許多的好朋友聚在一起談天、遊玩、聚會。可是，《中華兒童叢書》還是我的

好朋友，我常向同學推薦、談論它，甚至還組成讀書會，一個星期閱讀並討論一本書，像《逗趣兒歌我會念》、《讀山》、《快樂學習—三甲這一班》、《超人媽媽》等等，因為想到畢業之後，我們都即將為人師，總該為以後的教學充實一些知識、教學方法，期待以後能引導學生學習閱讀，並體會閱讀之樂。

師院畢業後，我遭逢另一打擊，就是媽媽居然罹患癌症，隨時有生命危險，而我自己則要面臨教師資格考試。有一年的時間，我整天忐忑不安、戰戰兢兢，一面照顧媽媽，一面實習，一面預備考試，真是身心俱疲，我不敢也沒有時間生病或難過，在這段時間，《中華兒童叢書》又發揮它醫治我枯寂心靈的功效，還有我的基督信仰，也是一直引導我勇往直前。當時，我唯一的休閒娛樂，大概就是讀這套書吧！像《亂世孤臣父女淚—蔡邕與蔡琰》、《王維》、《哈哈與拉拉》等，都是在這時候細細閱讀品嚐的。

終於媽媽病情穩定、身體也逐漸康復，我亦取得教師資格，因此步上紅毯，婚後我很快的懷孕了，本想終於一切順

心，可以好好鬆一口氣，誰知懷胎五個月時，寶寶卻因臍帶打結而胎死腹中，我痛不欲生，幾乎天天哭，妹妹知道我愛看《中華兒童叢書》，所以天天朗讀這書裡的童話故事，像《小小神偷》、《毛毛的101個房客》、《小泰山》等，讓我聽得入迷，破涕為笑。幸好有基督信仰、家人、教友和這套書的陪伴，我漸漸釋懷。

現在身為一個小學教師的我，也是鼓勵學生多看有益的課外讀物，《中華兒童叢書》當然是必看的；不僅如此，我會自己先閱讀，再利用課堂的時間和學生分享、討論，也要求他們要閱讀並寫心得報告，我再加以批閱，透過這樣的教學活動，也拉近我和他們的距離。

可能我初任教、經驗不夠，在學生秩序的管理上，常令我叫苦連天，尤其遇到家庭有問題、行為不當的孩子時，有時會很無力。但每每想到周老師對教育的堅持，以及她給我的鼓勵和榜樣，我就告訴自己不能放棄任何一個孩子。還有《中華兒童叢書》，它們曾是那樣忠實的陪伴我，在數不盡的許多日子裡，陪我走過青澀的歲月，雖然我曾跌倒過、流淚過、失望過，但它們不曾離棄我，總是靜靜的陪伴我，訴我以情、以理、以智，增長我的見聞，是我永遠真摯的朋友。

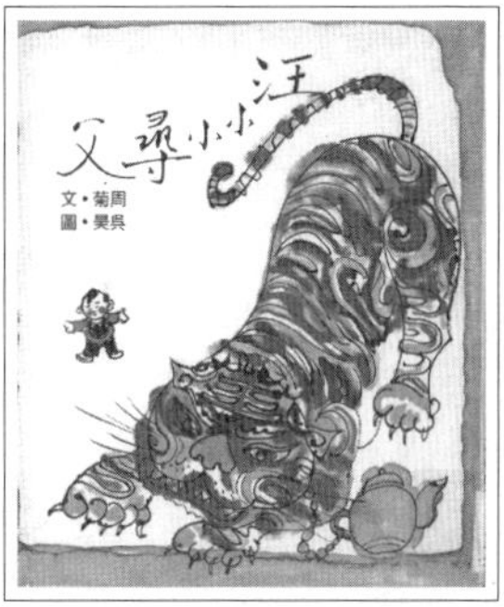

找尋中國拇指神童

——我看中華兒童叢書《汪小小尋父》系列作品

李公元

曾經有個小男孩，乾乾扁扁、矮矮瘦瘦，看別人總是要往上瞧，但有個世界，卻讓他變得像巨人一樣，那裡躲著文字精靈、圖畫妖怪，他可以一個人安安靜靜，不動聲色與群魔鬼怪做朋友，也可以看著看著就飛天又遁地，也就是在那裡，他認識了汪小小。好笑的是，汪小小竟然比他更小，只有桃子那麼小！

這是小學四年級的我，在圖書館發現的驚人秘密！

汪小小是故事書中的主角，從此他也成了我讀書心得報告的最佳男主角。故事書不只一本，我一篇接一篇寫著汪小小的讀後心得，更狡滑的是，高年級換了新老師，讓我再次利用汪小小作文章，似乎是為了應付那總愛小孩寫心得報告的討人厭

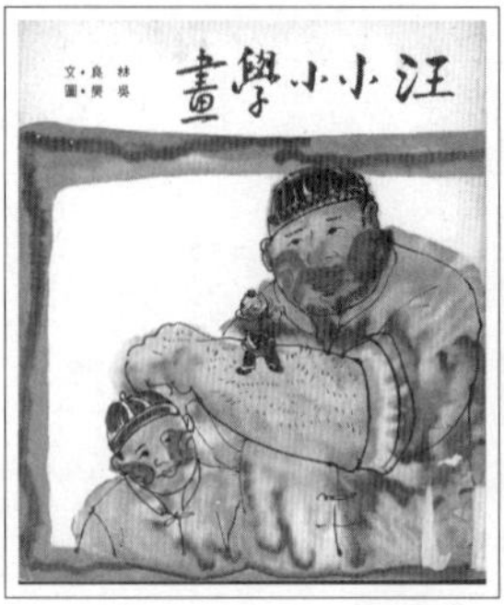

老師！

當然，年過三十的我，已不記得小時候寫的心得報告，可是無意間看到台灣童話書目裏，出現了《汪小小……》系列書時，頓時懷念起這位我童年時代最喜歡的心得報告英雄。故事早已忘了，只記得一個像外國《拇指姑娘》般大的拇指神童，厲害又勇敢的歷經許多挑戰與磨難，最後總是獲得幸福美滿的結局……。這是記憶中的汪小小，親切又陌生、遙遠又熟悉。

決定開始尋找他的真實面貌，重溫兒時與英雄邂逅的驚喜。原來這是《中華兒童叢書》裡的出版書籍，而台北市立圖書館還有藏書呢！走進市圖兒童館，這時的我，竟需要蹲著才拿的到書，矮個子的小男孩已經長大了，那汪小小呢？他長大了嗎？

二十年後重讀，除了懷舊的喜悅，更有許多新發現與新樂趣。汪小小系列共有五本，由四位作者、三位畫者所完成，真不知道當時怎麼會有這樣子的故事接龍創作呢？最厲害的是，每本都維持一致風格，又保有各自的特色，聰明、勇敢又機伶的主人翁汪小小，一定會遇到問題努力去克服解決。

汪小小到底有多小呢？第一本《汪小小尋父》文中沒有說明，不過吳昊先生把前三集的插畫畫得線條奔放、色彩鮮活，活生生跳出一個比桃子大一點的淘氣孩子；第二本《汪小小學醫》開頭說：「汪小小長得很小很小……」又說：「汪小小只是長得小就是了，別的都跟小朋友們一樣：小嘴會笑，小鼻子會打噴嚏，小腦筋會想事情。」圖裡小小甚至於比一顆水梨還要小；第三本《汪小小學畫》，小小騎上小白狗好像騎上一匹小白馬，真是小得妙又巧！第四本《汪小小養鴨子》，改由李麗玉女士畫插圖，同樣創造出一位可愛、討喜的小小，竟然和一隻蝸牛差不多大呢！最後一本《汪小小照鏡子》，小小是一位小到可以坐在小孩肩膀上的小不點兒，林文義先生以他早期漫畫風格來呈現，頗具特色。

五本書中，小小有三種不同的畫法，但都維持著「小個兒」特徵，及穿著「中國童裝」造型，所以汪小小就好像是我們中國版的「拇指神童」哩！

這個神童倒底如何聰明又勇敢呢？《汪小小尋父》的小小，經過劉姥姥的指點，一人獨自踏上尋父之路，並把沿途之事用同韻、四音調的字記下來，向那長著翅膀、綁架爸爸的惡霸國王娓娓道來，打動了國王的心，放爸爸和小小一起回家！作者周菊，據說就是潘人木女士，有好多同韻的句子，讓人好像在玩聲音遊戲！我還特別喜歡，小小吃剩的魚骨頭，丟在地上，隔天長了好多樹，一棵樹接一棵樹爬上去，竟然就到了關爸爸的那一個「遙遠國家」去了，這簡直就是超現實的魔幻故事嘛！

《汪小小學醫》是另一個傳奇，小小為什麼要學醫？因為媽媽掉頭髮、生怪病，媽媽長太小醫生沒法醫，所以小小親自學醫來治病。好玩的故事就此展開，小小用家中三件平凡的東西，做出不平凡的運用，小吸鐵石幫醫生到大海吸針頭，乘坐小葉子幫國王拿到飛走的帽子，小刀子切大藥丸讓媽媽可以服藥治好病，小小人雖小，頭腦可是不簡單！這又是周菊女士精采的作品。

《汪小小學畫》的作者變成我們最熟悉的林良爺爺，他把小小騎小狗逛街賞燈，遭人綁架的情節，寫得既緊張又生動，正擔心時，聰明的小小用爸爸給的小紙、小筆，畫下被綁地點的特徵圖，讓小狗回家討救兵，唉呀！真是膽大又心細喲！

《汪小小養鴨子》的小小則是充滿愛心的小小孩，自己都比小鴨子小，竟然還東忙西忙照顧迷路的小鴨子，可是貪吃的小鴨子偷吃了小小的藥丸子，長出又長又黑的毛毛來，小小聰明可愛的用鴨子毛綁辮子、釣螃蟹，可愛的讓人真想發笑！這是夏小玲女士所寫的故事，又延用了第二本《汪小小學醫》裡幫媽媽長頭髮的藥丸子，故事接龍接得真是挺不錯！

最後的《汪小小照鏡子》，小小再度臨危不亂，用鏡子對抗地鼠、山雞，用鏡子反射發光讓自己獲救，並且利用哈哈鏡嚇跑餓野狼，又是聰明機智，又是勇敢無敵！草叢獲救的情節採用倒敘回憶，和之前的直敘故事都不一樣，這是嚴友梅女士的寫作高招。

拇指姑娘最後和花王子結婚了，過著幸福快樂的日子。中國的拇指神童——汪小小呢?竟然在餓野狼消失之後再也沒有消息了，這位重新被我認識的小英雄就這樣不見了嗎?第六本的《汪小小大結局》，我是多麼的期待台灣還有高手可以繼續創作下去啊!身體已經長大的我，心中可是有個小小孩，好期待再跟「我的童年英雄——汪小小」見面呢!

永遠的良師益友

林榮淑

我是四年級生，小學畢業前看過「四郎真平」的漫畫，除此之外，不知道兒童讀物是什麼碗糕？

天下的媽媽都是一樣的，童年的缺憾總是不希望讓心頭的那塊肉重蹈覆轍。孩子進學堂識字後，我捲起衣袖和褲管當起書僮，開始定期到公立圖書館背書回來餵養家中那兩頭牛。

琳瑯滿目的書海裡，我尋尋又覓覓，覓覓又尋尋，在書架的一角發現了它，有各種各類的內容，有注音符號輔助，有精美插圖，每本書後面又都附有讀後自我回饋的思考問題，非常吸引孩子，也非常適合兒童閱讀，一系列的《中華兒童叢書》。

我喜出望外的抓滿袋。

《中華兒童叢書》就這樣走進了我家的書房，成了家庭一道道營養豐富可口滋補的精神食糧，母子爭食的有趣畫面是老爸餐後調侃的精緻甜點。

《中華兒童叢書》是有翅膀的，載我雲遊四海；《中華兒童叢書》是一艘艘時間飛船，載我穿越時空隧道，回到了從前。

一個中年母親有幸的，喜孜孜重享第二個童年。

覬覦山上整片綠可以護眼，貪婪小學校可以盡興閱讀，小牛被我牽到大屯山系，一所以「圖書館資源再利用」為學校特色的迷你小學放牧。蔴雀雖小五臟俱全，全校六個班級，每班十多個小朋友，卻擁有一間開放的圖書室。

有一天，小牛放學回來。

「媽咪，妳一定爽歪了，我帶回你最愛最愛的書。」小牛興高采烈的邊說邊從書包拿出書來。

唉呀呀，小牛「吃好鬥相報」，小《中華兒童叢書》迷借回美術相關《中華兒童叢書》回哺老媽呢。

當年我固定在假日帶孩子到北美館學藝，也利用空檔在北美館當志工。貧瘠的童年，聯考掛帥的成長史造就成我這個大「藝盲」。走在唯美的空間，我是如此的無知，如此的卑微，如飢如渴的想學習美術知識技能。

「美」學問這麼遼闊，「美」學問這麼深奧，我不知道通往「美」的啟程車站在哪裡？我不知道去哪裡可以買到開往「美」程的車票？我孤伶伶的、無助的站在十字街頭張望。

知母莫若子，小牛以實際的行動支援母親，定期的從學校圖書室借回《中華兒童叢書》美術類書，讓「藝盲」老媽無師自通就地練起基本功。小牛已是名符其實的書「僮」啦！

《十位美術家的故事》是眾裡尋它千百度，驀然回首那人卻在燈火闌珊處的一張「台灣美術史」入門票，我踩進五彩繽紛的台灣美術花園，與這塊土地的美術前輩：熱愛鄉土的畫家——陳澄波、水牛的知音——黃土水、色彩的魔術師——廖繼春、祖師廟的守護者——李梅樹、畫壇的獨行俠——顏水龍、裱畫店的小師傅——林玉山（台展三少年）、書香世家的子弟

——楊三郎、一支獨秀的女畫家——陳進（台展三少年）、畫壇上的長跑選手——李石樵、浪漫的法蘭西情調——劉啟祥邂逅，繼而神交。

《西洋畫家的故事》是踏破鐵鞋無覓處，得來全不費工夫的一張船票，沿途欣賞文藝復興來路旖旎風光：西馬布、喬托、馬薩其奧、安吉理柯、法蘭契斯卡、利比、波提切里、維洛基奧、曼太尼亞、達文西……，這些藝術大師帶領著我一步步探訪百花齊放百鳥爭鳴的西洋「藝術家的故事」，再航進浩浩瀚瀚無邊無際的「西洋美術史」。

一本本深入淺出文圖並茂的《中華兒童叢書》，一套套美而廉老少咸宜的《中華兒童叢書》，來者不拒，照單全收，老小孩如獲至寶的吸吮起來。

一個「藝盲」因為《中華兒童叢書》的餵養滋補已經變成一隻滿懷憧憬，擁抱理想，一心想要展翅高飛的蝴蝶。

小牛結束童年那一年，我竟然在環敵伺候中通過了甫成立的「藝術史與藝術評論研究所」筆試，雖然在口試中不幸敗陣下來，沒能如願進入藝海深度旅遊。

然而，語淺意深的《中華兒童叢書》，已搭起一座橋樑讓我與童年再度重逢；情感雋永的《中華兒童叢書》，已敲響一片鑼聲使逝去的童心再度被喚回，那顆躍躍欲試想「吃好鬥相報」的心感動天地。

失之東隅，收之桑榆。

研究所門前轉一圈，不得其門而入，卻在另一個道場覓到起跑的跑道。在競爭慘烈的江湖，有幸殺出一條新路，在小學校園重拾教鞭，重回職場，再入紅塵。

從此生命又轉了一個大灣，我再度與一群天真無邪的孩童重享第三個童年。

《中華兒童叢書》走進了我的教室。

物換星移了，時空流轉了，我仍然繼續閱讀《中華兒童叢書》。它是「閱讀課」的最佳教材，它更是我與孩子心靈互訪的秘密便道。

繞了大半個台北城，回到居家附近的「資訊種子」學校任教，享受現代科技的福祉，班班有液晶投影機。《中華兒童叢書》已經從學校圖書室、社區圖書館的書架上，隱身網際網路的深處。秀才不出門，能讀《中華兒童叢書》啦！

就這樣我與一群孩子e起閱讀有文字、有聲音、有影像的《中華兒童叢書》。

去年僥倖在兒文所搶到一個上課座位，再以一個研究生的眼睛重新閱讀《中華兒童叢書》，又是一種鮮滋味，又是一片新風景。

如果說「閱讀」都是一種改寫。不同的人生階段，有著不同的視野、不同的閱歷、不同的心情、不同閱讀方式、不同閱讀目的，我全程參與了《中華兒童叢書》時間版本的改寫。《中華兒童叢書》陪伴我中老年的成長，讓我永保赤子心，不知老之將至。

巡迴資料袋中的功臣

——《中華兒童叢書》

古瓊月

壹、前言

鄉下長大，除了學校發的課本外，很少有機會看到其他的課外讀物，一直到師大夜間部社教系圖書館組進修之後，才驚訝的發現圖書館是一個蘊藏無限寶藏的地方，飽覽群書的學者、教授多麼令人敬佩！自己在一生中已錯過了許多閱讀課外讀物的黃金時期，多麼懊惱呀！於是暗下決定，不讓自己的孩子和學生錯過屬於他們的機會，因此每當新接班時，總喜歡在親師懇談時鼓勵閱讀，再三的說明閱讀的重要性，但發現家長的力量有限，許多孩子因為文化刺激少，難以激發潛能，真是可惜啊！

貳、巡迴資料袋的製作

既然家長買書的意願及經費都有一些困難，便想透過學校的力量推動《中華兒童叢書》的巡迴書箱活動，沒想到在書籍仍列冊為財產，若遺失需老師賠償的要求下，使得有些老師打退堂鼓，且當時國語課本每冊有二十四課之多，課都上不完，哪還有時間教小朋友讀其他書呢？因此幾次建議均被否決，於是只好獨自奮鬥，為自己的班成立了巡迴資料袋。

巡迴資料袋的袋子是透明有環扣的，貼上標籤，編上號碼，每個小朋友一份，袋中為小朋友準備了什麼資料呢？

一、兩本《中華兒童叢書》：在學校的圖書館中精挑細選的找了六十幾本《中華兒童叢書》，每袋分放兩本。選擇的原因是：免費；輕薄短小，容易閱讀；包羅萬象（文學、科學、社會、藝術、健康……都有）不致偏食；編輯小組已分好適讀年段，選書不傷神；更重要的是內容呈現多樣化（漫畫、詩歌、猜謎、小品……均有）。

二、**一本約150頁以上的故事書：**選擇故事性較強、趣味性較高，或當年度獲好書推薦的書，每袋分放一本。（剛開始是老師自己家中的書，後來改由班親會出資購買新書）

三、**動動腦與繞口令：**適合低年級的數學課外讀物較少，因此從各式的數學益智叢書中挑些簡單但需思考才能得到答案的題目：例如火材棒、迷宮、填數字、一筆畫……等，讓小朋友有機會享受經思考而解題的樂趣。每一題的背面並附一則繞口令，一起護背起來，每袋放一份，趣味性高，很受歡迎。

四、**鄉土兒時教材和閩客童謠：**鄉土教學已正式列入課程，但因常排在週六，每兩週才有機會上一次，很難落實，且個人認為母語教學由家庭來實施較有成效，所以將「心路歷程」基金會出版的一系列鄉土月曆（有打陀螺、滾鐵環、捉迷藏、玩尪仔標……等）剪下來，背面配上閩、客童謠一起護背，每袋一張，希望家長透過這些童謠及場景，實施母語教學及說故事給孩子聽，增進親子關係。

五、資料明細及讀後意見表：在A4的紙上列入每袋的資料名稱，以備檢查補充外，並列全班姓名表格，每人在交回前對每一樣資料作一簡單的記號，很有趣畫◎，普通畫○，不好看畫△，沒看畫╳，再請家長簽名。老師可藉這簡單的紀錄來了解小朋友的閱讀喜好，以便作未來選書的參考。

這樣一份豐富的資料袋每兩週按號碼遞增交換，以便小朋友有較充裕的時間讀完。

參、如何利用《中華兒童叢書》提昇閱讀效能

以提昇小朋友的語文程度而言，並非全靠巡迴資料袋的資料就能達到百分百的效果，為了確保兒童有效閱讀，每學期至少另選出四本和課程相關性較高的《中華兒童叢書》，借足全班人數的本數，共同來做較深入的閱讀。

首先用早自修的時間讓小朋友把該書至少閱讀兩次，再利用國語課，將最後的想一想加以討論，以確定小朋友是否了解

本書內容，最後再選擇一兩題較開放的題目抄在國語簿中，當作功課自由發揮。然後將《中華兒童叢書》的這種問題法運用在國語課中，所不同的是問題由小朋友自己提出，剛開始提出的問題都很粗淺，但加以引導後，提出的問題常常超越課本所涵蓋的範圍，使國語課的討論，就像是讀書會般多采多姿，最後選出一兩題放進國語作業中，給了孩子們一個可充分發揮自我想法的園地。老師批改時，看到孩子們許多新鮮有趣、另類，又創意十足的點子，有趣極了。

閱讀的好是無庸置疑的，閱讀興趣的培養越早越好，小朋友經過這樣的閱讀洗禮，閱讀能力明顯進步，作文能力及上課討論層次亦獲得提昇。由於全班素質整齊，學習能力增強，無形中造就了學習的成就感；而由閱讀產生的喜悅在班上蔓延，營造了愉快而融洽的班級氣氛，達到快樂學習的目標。這些小朋友在升上中高年級分散在各班就讀時，往往因為他們看的書較同儕多、會提問、有自己的看法，而顯得更有自信。

肆、結語

巡迴資料袋—把書送到家，除了圖書館「服務讀者」的觀念外，主要是給予班上弱勢者公平學習的機會，也就是使某些小朋友不至因家長的社經地位較低，而喪失了最基本的「文化刺激」的機會。巡迴資料袋帶回家後，解決了家長沒時間、沒經費、不會選書的困擾，且全家人都可共享、共讀，受惠的並不只是本班學生而已，而是全家，真是一舉數得！

個人覺得要落實養成每個學生的閱讀習慣，並不一定要花大錢經營，利用現有的《中華兒童叢書》，從小做起，把書送到家，要求家長督導，也可做得很紮實。如今雖然擔任科任老師，但將做法提供給其他老師參考，在有心老師的推動下，成效良好，而《中華兒童叢書》依然是各班巡迴資料袋中的主角、功臣。

觸類旁通
——談《中華兒童叢書》在九年一貫課程的應用

林淑慧

九年一貫課程實施後，教學上有更多的專業自主權，對於學生能力指標的評鑑才能落實；而面對百家爭鳴的教科書，有關教材的精簡或補充，更需教學者具備鑑賞力，才得以激發學生的潛能。普及於各小學圖書館的《中華兒童叢書》，正是一批豐富的教學資源，不僅有助於閱讀活動的推行，扮演提昇語文能力關鍵地位；亦可融合於語文、社會、藝術與人文等七大學習領域的統整活動，教師若能善加應用，必可啟發學生的多元智慧。

《中華兒童叢書》從一九六四年八月開始編印，緣起於聯合國兒童基金會提供五十萬美金贊助兒童讀物出版，包含紙張、照相製版底片稿費的供應；而印刷、編輯、人事費用，仍

由我方自行負擔。後來基金會再提供五十萬美金贊助，一九七三年五月該會結束在臺業務，由當時省教育廳編輯小組持續負責出版事宜。至今此小組已成立三十八年，叢書亦累計有九百多種，對鼓勵國人創作兒童讀物、培養插畫人才、及推廣閱讀風氣方面，於我國兒童文學史上，有其重大意義與價值。這套叢書不但流傳的時間長、分佈也廣。創校越久的小學，應存有越多各類早期書；學校班級數多的，可有數量上的變化運用；小班小校，更可有創意上的自由彈性；偏遠地區的學校除定期分發外，還曾獲庫存書的捐贈。這些二十開本的書，遍佈在臺、澎、金、馬各角落，默默陪伴著許多人成長。僅提供應用這教學資源的心得，期盼能有拋磚引玉的效果。

一、**提昇語文能力**：在「語文領域」的寫作教學方面，可引導全班讀同一種書，如以楊明麗《蘇東坡》作為撰寫讀書心得的書目；或可分組選擇自己喜愛的書，作佳句摘錄的筆記。低年級可看曹俊彥《上元》無文字圖畫書，讓想像飛揚，再引導全班集體討論心得，或配上插圖寫幾句感想。亦可將作品登

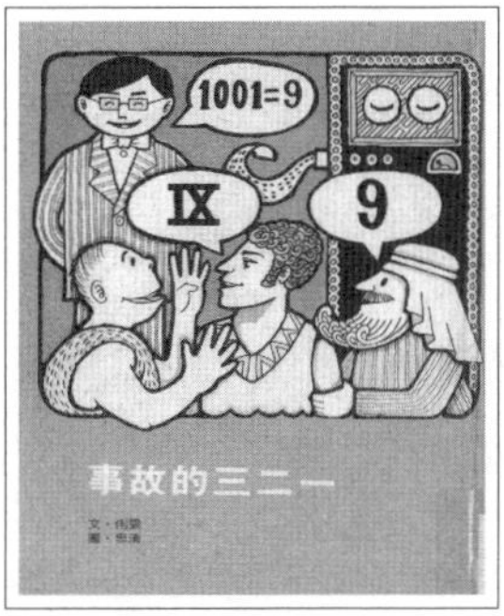

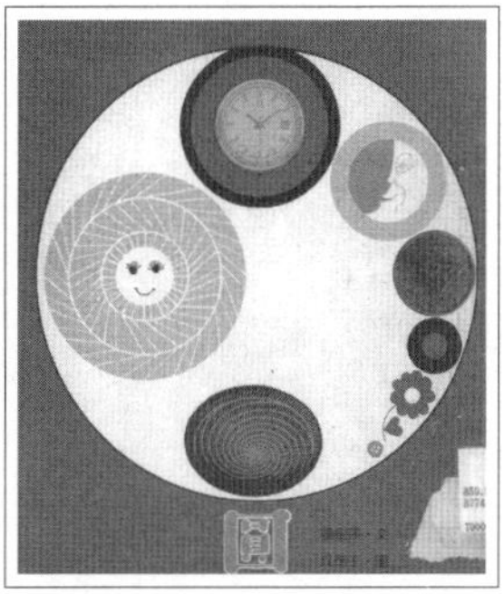

於校刊、張貼於教室及文化走廊，增加互相觀摩欣賞的機會。在活潑的語文活動方面，低年級文學類《汪小小》系列，為數位作家以同一主角人物所創作的五本書，可作為「故事接龍」的參考。又如葉維廉《孩子的季節》可當「朗讀童詩」的教材，林武憲《三隻老駱駝》、《讓你猜》為繞口令、猜謎的資料。或以林煥彰的詩劇《三個問題的答案》、黃基博《林秀珍的心》劇本來練習戲劇演出。在欣賞胡麗麗《長頸鹿的脖子》、張錦樹《錢鼠來了》的巧思之餘，試著想像長頸鹿、錢鼠名稱由來的各種可能性；甚至從許漢章《龜兔又賽跑》改動傳統故事引發的靈感，讓學生嘗試再度改編童話作品。

二、多元領域尋寶：教師於「社會領域」教學可利用叢書中多種臺灣各地風土民情系列，如楊茂樹《北海岸之旅》、楊仁江《先民的遺蹟》，將可對台灣本土文化有更深一層的認識。至於嚴友梅《水果》、愛亞《學做主人和客人》、劉康明《我們露營去》有關身心的保健、休閒生活提昇的指導，皆可應用於「健康與體育領域」課程，或於每天早上的導師時間實

施。「數學領域」可參考陳登源《中國的算學》、張劍鳴《圓》、凌雲俐《一二三的故事》；「自然與生活科技領域」則可從《怎樣採集製作植物標本》、陳木城《樹和花》、馮鵬年《天上無雲不下雨》等書得到啟發。又如一系列《臺灣美術家》叢書，鄭明進《小畫家大畫家》，都是「藝術與人文」領域的補充教材。更可藉由許常惠《中國的音樂》、《你身邊的名曲》打開一扇聆賞音樂的窗。

三、學習科際整合：主題為「昆蟲」，可從一系列科學類著手，培養分析資料的能力，如王效岳《和昆蟲交朋友》、《聽甲蟲說故事》等，也可和文學類兼顧介紹生態習性及賞詩的《昆蟲詩篇》，及羅青詩集《螢火蟲》，作綜合比較。又低年級在「環保」主題方面：科學類有馬景賢《快樂村》，對照文學類林煥彰《春天飛出來》詩集的第一首「樹生病了」，或是健康類劉宗銘漫畫《大肚蛙遊記》，引導多元思考的學習。並且引導學生閱讀謝武彰《布娃娃的悄悄話》詩集時，別忘了邊欣賞鄭善禧的水墨插畫，而陳璐茜《小豬農場》、《黑貓汪汪》

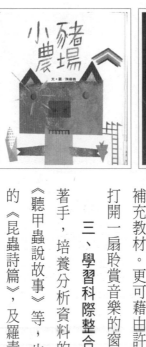

亦是圖文密切呼應的故事繪本。教師推薦配合課程的參考書目，陳列一本於圖書館的專櫃，利於七大學習領域統整教學時的參考。如從林良《爸爸的十六封信》、林鴻堯《老奶奶的木盒子》體會親情的可貴，也可參考劉還月《臺閩地區古蹟之旅》、李魁賢《淡水是風景的故鄉》和家人計劃出遊。

四、培養閱讀習慣：依圖書類別分低、中、高年段，分裝於小置物箱裡，以巡迴書箱的方式，每班定期輪流更換。因叢書數量及種類龐多，若持之以恆日積月累實施，將培養學生閱讀的好習慣。如有些國小因圖書館的空間有限，便在書箱上貼出一學期的巡迴時間表，全校依閱覽計劃每週於各班級更替。圖書和教具一樣，不該只是高置於角落蒙塵，而是應盡量流通、讓師生借閱使用，才能發揮最佳功效。並以讀書會的型式，分享閱讀樂趣。從《中國古典寓言》、《兒童詩選》系列、及陳天嵐《山地神話》、張曉風《談戲》，評析各文體的風格。低年級可從于慎思《小螢螢》的主題思想、李麗雯《阿灰的奇遇》的情節結構、嚴友梅《老牛山山》的人物刻劃、張嘉

驊《怪怪族與哈哈貓》的修辭技巧，作為導讀的入門。

五、舉辦叢書週：配合學校整體計劃，可於校慶或學期中規劃叢書週活動，配合《中華兒童叢書》展覽、及相關的學生作品、教學活動展覽，讓全校師生及家長藉由展覽活動，認識叢書的發展源流概況，及目前推廣應用的情形。或於叢書週規劃相關主題的益智問答、即興表演、趣味競賽等「闖關遊戲」。學校圖書館更應從現存的《中華兒童叢書》中，設計適當的問卷，讓學生票選最受歡迎的書，並歸納喜歡的原因。票選活動後也可和歷屆《中華兒童叢書》「金書獎」得獎書目，以供評審與讀者喜好對照的研究。或於平日利用「晨光時間」、「綜合活動領域」或「彈性時間課程」，配合每本書末皆附錄「想一想」的啟發性問題，作有趣的問答遊戲；指導頁上亦有實驗、製作、表演等多種提示，以充分此套叢書的一大特色。鼓勵教師及家長帶領學童走向大自然教室，體會創作者的熱情及敏銳觀察力；並透過讀者親身的參與，感受將書立體化，增加學習的樂趣。這些活動的成果，正可藉由叢書週的展覽而豐盈呈現。

感謝這套由本土作家投入的心血創作，曾陪伴我度過童年。如今已為人師、為人母的我，時以回饋的心情，藉由引導叢書的多元應用，以拓展孩子的視野。在九年一貫課程裡各年級間的銜接、及各領域課程的統整設計上，教師若能掌握主題活動的原則，必更能引導學生系統化的學習。期盼有朝一日，於政府與民間團體合作下，能廣邀作家、學者，將台灣史前考古的介紹、各級古蹟建物的保存、臺灣歷史的發展、台灣的自然生態、地理景觀；或是台灣各族群的習俗、童謠民歌及諺語傳說的採集、民間故事、各地文學家的創作等，匯聚薪火相傳的熱誠，繼續出版新的「台灣兒童叢書」。讓台灣的孩子能更親近這片土地上的自然與人文環境，培養文化的認同感，並得以自信昂揚地與世界接軌。

開啓衆神的花園

——《中華兒童叢書》與我

蔡佩玲

徐徐的薰風，撫弄著窗台上淡紫色的金露花，沖一壺綠茶和著新摘的茉莉，去去午餐時迷迭香薰雞的油膩口感，閱讀一本喜歡的書籍，和友人天南地北的閒聊，又是一個愉快的下午。

友人來訪時，總為了滿室滿庭的花草感到驚奇，雪花木的白色葉片提供炎炎夏日對雪國的消暑奇想，豬籠草討喜的壺狀外觀，快速地攫獲訪客的注意；葡萄籐恣意地佔領了客廳輕裝潢的一角；多樣色彩可愛的仙人掌組合盆栽，勾引誘惑著人家去摸一把，然後倏地縮手，叫道：「喔！是真的！」；帶著星星茉莉淡雅香氣的徐風，將室內芳香劑徹底打入冷宮。當啜一口現沏的香草茶，甜橘的特殊甘味在舌尖化開，薄荷的清新和

檸檬百里香的氣味帶著自然的清涼，流竄在口腔與鼻腔之間，這味覺和嗅覺的新感官之旅，常引發友人對我提出一個疑問：「妳不是學園藝的，從哪學來這些呢？」

「從哪學來這些？」我也暗暗問自己，「水陸草木之花，可愛者甚繁！」，從小我對植物就有一種莫名的親切感，夜晚在夜香木的幽香中入眠，就像在母親懷中睡去般安穩祥和，看到嫩綠色的草皮，立刻把鞋襪同淑女形象一同拋到九霄雲外，赤腳在草地上奔馳，讓柔軟的小草愛撫腳底每一吋肌膚。但真要說到我能喚出每株花草的名稱，像喚著親切友人的名字，那要等到小學時我接觸了在《中華兒童叢書》中《大家來種花》《和花花草草玩遊戲》《古怪花花國》……等介紹花木的幾本書。還記得第一次在圖書室看到這幾本書時的喜悅，就像小哥倫布在茫茫書海中發現新大陸一般，當時彩色光面印刷的書不多，而這幾本書中一張張彩色亮麗的花木照片，配上花木的名稱、生長特性解說和可愛的串場故事，讓我愛不釋手，甚至心情不好時，只要拿出來翻翻，所有的不愉快也在翻書聲中消逝了。因此，我雖無如綺君那般多識花木的父親，也能比對書中的照片，一一認識這些可愛的植物。也是這幾本書讓我對中華兒童叢書有份特殊的情誼，在我尋找這幾本植物書籍的過程中，讓我發現中華兒童叢書裡其它吸引我興趣的主題，也在這一連串的探索翻閱中，漸漸擴大了我的閱讀版圖。

瘦瘦黑黑的阿勳，是位帥氣的陽光男孩，小學五年級的時候曾和他一同擔任圖書股長，依當時的規定，兩位圖書股長必須在週六的早自習時，到圖書室選定書本借三十六本給全班每位同學在週末時回家閱讀，在那個只要同異性多說一句話，就會被笑是「男生愛女生」的純真年代，我們會一起被選上圖書股長，當然是在同學們的設計下所促成的。我們這對幹部怨偶如非必要是決不交談的，「嗯～」他用筆敲敲我的桌子，提示我要去借書了「喔～」是我收到的回應。

去圖書室的路總是特別漫長，我們一前一後地走著，維持那種再近一些就像情人，再遠一些就像不相干路人的尷尬距離。但這只是序曲，到圖書室後戰爭才要開始，「借這本好！」

「借這本啦！」每週到同學們手上的那本書，就是我兩拉鋸戰的結果。而在云云眾書中，《中華兒童叢書》常常是我們最佳的選擇，因為《中華兒童叢書》所涵蓋的內容很廣，不論是阿勳喜歡的科技新知、天文知識，或我喜歡的花木介紹、神話故事都有，且學校有幾十套的《中華兒童叢書》，同樣的書足夠人手一本，再加上每冊輕薄小巧，借全班三十六本要搬回教室，對兩個人來說也不困難，所以《中華兒童叢書》總是這些圖書股長眼中的搶手貨，有時怕搶不到，還會跟比較熟識的圖書股長講好，兩班互換以免向隅。

隨口念了一段手中書本的文句：「……語聲自『內』而發，香氣也是自內而發。人在黑暗中憑說話辨認人的，每朵花都是憑自己的氣味驗明正身的，同樣的，每朵花都成載著祖先的靈魂有……」（此段文字摘自《植物的秘密生命》）「這是真的嗎？花兒真的能藉著它們發出的香氣來彼此溝通嗎？」，我問著這位擁有園藝碩士學歷的友人。而她的回答更令我驚奇，她說：「人們總以為自己是宇宙天地的中心，天生萬物以養人。但早在人類存在之前，這宇宙、動植物等也都存在，因此倒不如說是上天創造人類來照顧這些動植物。人類釋出二氧化碳來讓植物行光和作用，耕作、幫植物生長繁殖，而人死後埋入土裡化做植物的肥料。這不正表示人存在的目的之一正是為了服務植物！」暫不論友人這樣的立論如何，想想古有公治長能曉鳥語，杜立德醫生能聽懂動物的語言，或許那一天我也能解花語，但想想自己與這些花木的交會，總要感謝那最初的緣起，謝謝《中華兒童叢書》為我開啟一扇窗，讓我能窺見眾神的花園。

護生詩畫集

——讀林鍾隆的五本「山之書」

涂錦成

一、

豐子愷居士所著的《護生畫集》是家喻戶曉的好書。這本書是豐子愷為了替他師父弘一法師祝壽而創作的，書中所倡導的「護生即護心」的觀念，感動過無數讀者。

《護生畫集》是我童年時期最喜愛的一本書，自從讀過這本書後，我一直在尋找其他本像這樣令人感動的書。但尋找多年，並無所獲——直到我讀到林鍾隆先生在《中華兒童叢書》中所寫的五本以「山」為主題的詩畫集為止。

林鍾隆這五本「山之書」，都是配上圖畫的詩集。詩的作者是林鍾隆，但每一本的繪圖者並不相同。它們也並非同時間

的著作。最早的一本是《山》，出版於一九九〇年四月；接著是《爬山樂》、《山中的悄悄話》、《山中的故事》；最後一本是《讀山》，出版於一九九七年十月。我讀到這五本書時，已是二十世紀末。一次讀完這五本，感覺有如醍醐灌頂，不禁擊節讚嘆：這是新時代的《護生畫集》啊！

二、

《山》的繪圖者是蔡靜江。這本詩集的圖畫色彩鮮豔，但構圖略嫌保守，四四方方的插圖佔了絕大多數。不過也有例外。譬如第五頁，林鍾隆為了表現爬山層層向上的動感，把詩句作了高低不同的排列，這一頁的插圖，便恰如其分地有了曲折的造型。

這本書中提到山，往往讓「山」一字獨占一行。以文學手法而言，這樣的安排當然更顯現出山的重要與偉大。但如果詩人不是對山有一份特別的敬重，我認為是寫不出這樣的詩句的。

三、

《爬山樂》的繪圖者是賴馬，他也是一位知名的繪本作者。

《爬山樂》與《山》不同之處，在於它的敘事成分相當濃，而較少單純的抒情之作。全書共收六十一首短詩，彷彿六十一則「爬山小故事」。

且看第三十二、三十三這個跨頁所錄的幾首詩：

在坪林源茂山
一隻果子狸
前腳被捕獸器夾住
把牠放了

在復興鄉牌子山
看見一隻大山豬

掉在陷阱裡
可惜　已經生蟲了

在臺北七星山
十二月的寒冬
居然有一條蛇
蜷成一堆在路上
問臺大博士班的
才知道　冬眠　有例外

在橫山牛欄窩山
看到信鴿和斑鳩被網住
拿出小刀
切斷網目
讓牠們飛回家

在雪山途中
看見白色的烏鴉
在天空飛翔

這六十一首短詩，在趣味中傳播「護生」、「惜生」乃至「放生」的慈悲觀念於無形，讀來彷彿六十一首佛偈。我曾經朗誦這些詩給小朋友聽，感覺上，像是在稱頌一句句佛號。

四、

《山中的悄悄話》的繪圖者也是賴馬。這本詩集收錄了十九首詩，最短的只有一頁，最長的有五頁。但不論長短，這十九首詩都是敘事詩，就這一點而言，與《爬山樂》可謂一致。而林鍾隆一貫的「護生哲學」，也未在本書中缺席。這本書與《爬山樂》較顯著的不同，是每一篇都以一種動物為主角，用牠的角度來寫詩。

例如〈山羊的憂心〉一詩是這樣寫的：

我的同類
在小山中已經絕跡
在高山上　也很少了
我們的族史上
從來沒有過　與人類作對
傷害過人的事
雖然高山上很少人來
我們還得躲躲藏藏
生怕一不小心被不速之客撞見
公羊　要找到母羊
母羊　要找到公羊
來傳宗接代
都很不容易　配對了
為了延續子孫
我們時時刻刻

都活得戰戰兢兢

賴馬的插畫，簡單而有力，畫的是一隻眼中有淚的山羊，思念著另一隻眼中有淚的山羊！

讀此詩、觀此畫，人，能不慚愧嗎？

五、

《山中的故事》與其說是詩，毋寧更是一則長篇動物寓言。當然，「寓言詩」是它更準確的定位：它的形式是詩，內容則是寓言故事。因為是寓言，所以插畫者林芬名採用了接近漫畫的手法，色彩十分大膽鮮豔。就我的觀察，五本書的插畫以這本書最受小朋友喜愛。

這本書的主角是一隻狐狸與一隻兔子。他們是山中僅存的動物，相濡以沫，面對共同的敵人：人類（獵人）。

這是一本奇書，任何人讀這本書，恐怕心情都不好過。愈同情狐狸與兔子，就愈憎恨人類。當狐狸與兔子終於成功逃到另一座山，遠離危險的人類時，我們打心底生出歡喜。但該反省的恰恰是：究竟狐狸與兔子在逃什麼？不是別的，就是缺乏慈悲心、同理心的你我啊！

六、

《讀山》的圖畫比較特殊，包括繪圖與攝影。繪圖者是章毓倩，攝影者則是柯明雄。兩種不同媒材的「圖畫」兜在一起，但沒有絲毫不協調之處，反而時時互補，是相當罕見且成功的嘗試。

林鍾隆在本書之前有一段類似「序言」的短文，裡面說到：

> 登山，已有二十年了。每多登一次山，就多一次覺得山的可愛。……山的感情，其實也是人應有的感情；知道山的感情，我們會更知道山的可愛，我們也會變得更為可愛。

從這段話裡，我們不難窺見林鍾隆寫作五本「山之書」的心路歷程。

這本詩集裡有一首〈山什麼都知道〉，讀來十分令人哀痛：

什麼樣的樹木
有多少　被砍去
山
永遠不會忘記
痛
無止盡的在心裡
表土　流失多少
山
也記得很清楚
傷口
永遠　停留在心裡

山
傷痛　不會恨
只是擔心
只是憂慮
沒有盡保護責任的良民
有一天當災害發生時
會多麼悽慘、痛苦
山
只是嘆息
只是憐憫

這本書出版不到兩年，台灣便發生移山倒海、令無數人家破人亡的「九二一大地震」。大地反撲，歸根究柢，全是因為人們不知與同類「無緣大慈」、也不懂得與萬物「同體大悲」咎由自取的啊！而這首詩——乃至於這五本書——遂從一則「寓言」，演變成一則「預言」。

七、

林鍾隆對山的敬重，不僅是對人的敬重，也是對世間萬物的敬重。從《山》到《讀山》，林鍾隆這五本「山之書」，處處顯露著濃洌的「護生」、「惜生」乃至「放生」的觀念；對大自然的感恩心，更是躍然紙上。我不知道林鍾隆是否為佛教徒？是否有宗教信仰？但以文學論文學，我認為這五本書是堪與豐子愷的《護生畫集》相提並論的好書。

人間年年在變，世人對萬物不慈悲久矣。如果人類能對其他生靈存留一些同情，並由此出發，養成善良、寬容、慈愛的心靈，那麼「人間淨土」將不在遠方！

隨著「台灣省教育廳兒童讀物編輯小組」的裁撤，包括這五本書在內的一大批優良讀物眼看就要面臨絕版的命運，但這樣的書，是世世代代都需要的、也都會喜愛的。毫無疑問，我們應設法讓這樣的好書再版。

這樣的書，如果不能流傳人間，連山都會哭泣啊！

走進閱讀公園

林秀敏

「老師，這星期學校傳的書，怎麼還沒傳到我們這一班？」好多小朋友著急的問著。「老師，可不可以讓我帶回去和媽媽一起看？」又有一個小書蟲提出要求。「老師，我妹妹說她也想看。」……這麼多的問話，道出了小朋友對《中華兒童叢書》的喜愛和期待。另一個指標，是看出了這套書的平凡和可親近性。

我曾參加了一些「兒童文學讀書會」、「閱讀指導」、「童書演奏」研習營，好多精彩的繪本，讓我大開眼界；我也曾被精美細緻的繪本所著迷，而有大力推展班級閱讀繪本的衝動。在計畫時，首先面臨了書源的問題；如果一個學生交二百元，可以人手一本，但，到底要買同樣的書？還是買三十二本不同的書來輪流？同樣的書有共讀的優點，但卻少了多元性，一本書讀一學期，似乎也不合適。如果每人各一本，雖然多元但少了共讀的樂趣。正不知如何取捨時，班上來了一個故事媽媽，她一週來一次為小朋友說些故事，我想從她的活動中找出我的方向。

每個小朋友都喜歡聽故事，在他們專心聆聽的過程中，我可以看到孩子的滿足和喜悅；可是二個月後，問題出來了，有些小朋友，只聽故事已不能滿足他們的求知慾，他們會要求要翻閱書籍，會希望自己來看內容，一本書搶來搶去爭不停；有些小朋友聽太多類似的故事，會顯出不耐煩；我也發覺到，對「聽」的吸收力，每個人有很大的個別差異存在，認真的能有很多的收穫，神遊的，自得己樂，不知所芸。我從這段經驗中，找到我閱讀指導方向了-我需要有32本共同閱讀的書，而且書是愈多元愈好。

我找遍學校、社區的圖書館，這種需求，可以說天方夜譚，即使是很有名、十分暢銷的當年新繪本，一個圖書館幾乎找不到五本。什麼凱迪克大獎、格林威大獎、德國繪本大獎，甚至國內的信誼圖畫書、幾米繪本，都寥寥可數。我也徵詢過學生，看看能否湊個十來本，至少二、三人可共看一本，結果都石沈大海；擁有繪本的家庭，少之又少，想找到相同的書，更是困難重重。

學校圖書館，最多的書是《中華兒童叢書》，而且每套都有約四十本。我抱著姑且一試的心理，在班級做閱讀指導。沒想到，當我放棄了「名牌繪本」的迷失後，卻發覺了近在身邊《中華兒童叢書》的魅力。這真是最適合全班共讀的書，在我實際接觸的這三、四年對它的認識，這套書並不會因它的平凡(平裝)、廉價、本土而失其可讀性。它形式涵蓋了童話、童詩、漫畫、故事，內容包括歷史人物、民間傳奇、藝術欣賞、科學常識、心理輔導。是十分多元的書，可免除老師個人主觀的喜好，而局限孩子的學習；這也是套質量均重的書，可讓學生接觸各類圖書，讓學生多所涉獵，避免學生閱讀偏食的現象。

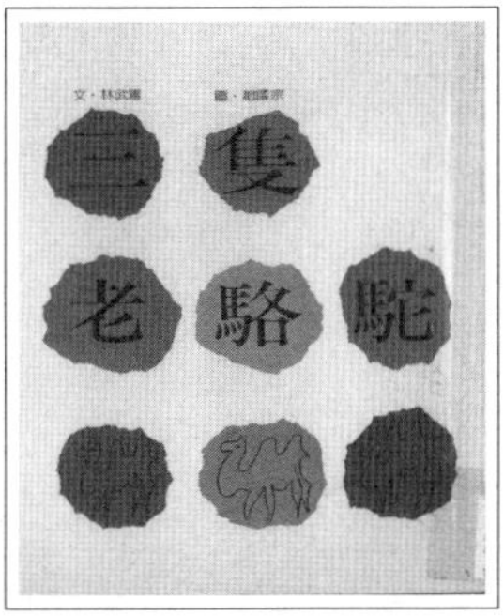

我和學年老師開始向學校圖書館借出一班一套（35本）的《中華兒童叢書》，約定一週後往下一班傳，因此每週每班都有一套共同閱讀的書籍。很多人認為，現在孩子誘因太多，多了影視、聲光的誘惑，孩子大都不喜歡閱讀平面的東西。其實，我在教育現場的了解，這的確是趨勢，但並非不可改變的現象。書本有如樂曲，是需要有人「演奏」的；一首樂曲，由不同的人演奏，有不同的效果。一本書不同的導讀，也有不同的感受。在共讀了《四個好朋友》後，我們在教室裡擺上大蘋果，大家輪流扮演大嘴貓、大花狗、大眼蛙、大公雞。看完了《和花花草草做朋友》後，全班拿著書，在校園中尋找書中的植物，一起和它們玩書中介紹的遊戲（真的很好玩哦！）。讀完《帕拉帕拉山的妖怪》時，我們共同編鬼故事，克服不必要的恐懼。看完《公道伯仔》的故事，我們來一場辯論會。讀到《小時候，大時候》時，每人提出自己的人生規劃，並約定長大後，一定學書中人物再相聚。唸完《三隻老駱駝》我們什麼都不做，把書末提的六個問題完成，大家也開心極了。——透過人手一冊的共讀，每個人都能擴展自己的想像空間，好多的活動可以展開；有了《中華兒童叢書》，閱讀是這麼的豐富而有趣。看到學生每週的期待，你能說「現在的孩子不喜歡閱讀」嗎？

我喜歡把帶領學生閱讀，比喻成去賞花。無疑的，繪本是一座美麗的花園，裡面奇花異木，繽紛多姿，但它有如一個特定的俱樂部花園，這個花園，只有少數有能力的會員可享受；而《中華兒童叢書》像一個大公園，它就存在於我們的身邊。你隨時可以接近它、親近它。公園的花或許不如俱樂部內的花種稀奇、精緻，但百花盛開，任你玩賞。身為老師，如果能每週帶孩子一起走進《中華兒童叢書》公園，領略閱讀的樂趣，欣賞百花之美，一年下來，可以有近四十本的閱讀，除了數目可觀外，如果能加上閱讀心得的寫作，各類知識的提升，也必定是驚人的。

並不是每個孩子都有上俱樂部賞花的機會，但不能讓這些孩子，連公園都沒去過。上繪本花園的權利就交給家長們吧！

老師們，《中華兒童叢書》公園，是個可愛的地方，大家一起導覽賞花吧！

相遇相知三十年

施淑芬

把記憶的時光列車拉回三十多年前，在台南縣的一所鄉下小學，剛升上五年級的我，完全不知道什麼叫做「課外讀物」，偶在頗具權威氣氛的校長室，初次與《中華兒童叢書》驚艷相遇的印象至今仍讓我津津樂道，懵懂的我還以為只有當校長才能擁有這麼一大櫃子的故事書呢，從此我便與這些書結下不解之緣，許是這些心靈糧食的澆灌，讓我走進了與書為友的行列，享受「三更有夢書當枕」的富裕精神生活。

《中華兒童叢書》陪伴我走過清澀的歲月，豐富的那個物質貧乏、慘白年代孩子的心靈，而後師專時代研修的兒童文學到現在擔任教職，它一直是我在教學上最親密的朋友。我知道這些來書的經費，部分來自每學期每位學生所繳的二塊錢，每

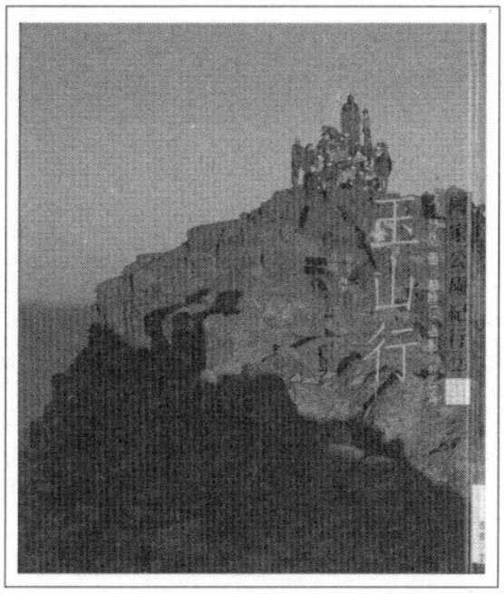

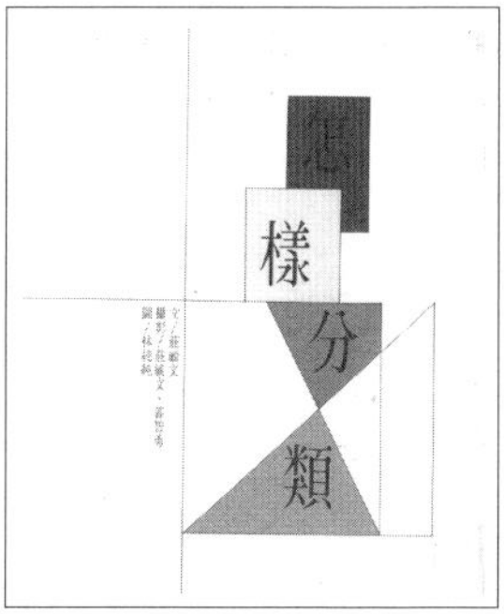

五年為一期的出版計畫至今已經四十年，這項既綿密又持續的偉大工程，造就了《中華兒童叢書》的大書海，更是我國小學生最寶貴的資產。

依注音符號編排的《中華兒童百科全書》，其中所收錄的資料既豐富又詳實，是教學上非常方便使用的工具書；《中華兒童叢書》編輯的特色是以年段為分類標準，出版內容包括童話、兒歌、文學、漫畫、歷史故事、藝術欣賞、科學、數學、自然等類，素材琳瑯滿目，作者、美編更是一時之選的大師，除了文字敘述豐富之外，又有生動、精美的插畫或是色彩艷麗的照片做輔助，使得內容活潑有趣又充實，像徐仁修老師的《走入自然》、陳列先生的《玉山行》、莊毓文老師的《怎樣分類》，所加附的照片張張精采且珍貴，是我非常喜歡的作品。

最讓我感動的一點是《中華兒童叢書》作家群「與時俱進」的敏感度非常高，作品不僅具有豐富的本土情感，更能及時反映社會現象，先進的科技知識……，如台商子弟的感受以數位郵件傳遞訊息的《走過e夏》一書中，可以看出我國學生移居

大陸、走入國際深度旅遊，使用數位資訊能力的經驗日漸豐富；作家柯金源所寫的《達娜伊谷的傳奇》，真實報導山美人對環境生態保育的努力及社區意識，唯有反省與檢討，人類才能打造永續生存的伊甸園；對台灣地理環境深度報導如《草鞋墩的故事》、《尋找暖暖的秘密》等書，對即使沒有去過的讀者也能感同身受，了解當地的民俗風情，就是替代學習最高的境界；而像《十位美術家的故事》、《賴和與八卦山》等書介紹了台灣本書的文學家、藝術家，讓我們對台灣文化有更多的認識和認同。我深覺「本土化」的教材是我們躋身全球化的根基，也是我們賴以「輸出」的主要養分，閱讀這些美好的作品，不論時代變遷，或是城鄉差距……，但是我們的價值觀、民俗風情、人格特質、道德判斷、文化特色，都可由文字的魔力默默傳承，我相信《中華兒童叢書》的精神已經達成這項目標。

配合九年一貫課程改革的推動，喚回教師的專業自主能量，更重要的核心概念在培養學生具有「自主學習」的能力，為達成此目標，經過全校老師的熱烈討論，所以我們發展出「閱讀今生」計畫，為本校的本位特色課程，其中一項子計畫就是——閱讀《中華兒童叢書》，原因之一是數量夠多，適合做「班級導讀」及學年的「循環閱讀」，每個學生人手一冊方便教學；而且依年段分類及多元的內容，可省去老師花費時間找書的困擾，配合學習單的自我檢核效果倍加。之後我們又推出低年級以讀書、說書為主題教學，例如經由小朋友的扮演「聰明的小豆豆」，把靜態閱讀活動拉到體驗與實踐的層次，對於危機處理及自我保護必將終身難忘；中高年級以演書、出書為主軸，融入了表演美學、語文、群育合作等領域，把自己出版的小書送給朋友，成為本校今年最熱門的畢業禮物呢，由讀書人變成寫書給人看的有趣體驗，是孩子的另一項成就。

除此之外定期辦理有獎徵答、小博士信箱等相關活動，題目出處部份便是來自每冊圖書最後的「請你想一想」，這也是引導學生深度閱讀的方式之一，在中庭所展示的「閱讀樹」正在日漸茁壯，枝幹綿延結實累累貼滿了小朋友不同階段的閱讀紀錄，成為本校最大的特寫。所以本校「閱讀今生」的活動自推出以來，深獲家長和學生的肯定，也有助於教師的多元教學，這項活動讓孩子不僅交到了一位「終身」的摯友，也培養孩子的創造、思考、判斷等多元的能力，亮麗的成效，驗證了童年閱讀經驗的豐富性、重要性與必要性。

面對「知識經濟」時代的來臨，從小培養閱讀能力，有效的閱讀、管理和應用，是提高競爭力的重要關鍵，累積儲存成一個龐大的資料庫，便可以觸類旁通，達到舉一反三、快速類化的學習效果，這與皮亞傑所提出「基模」的類別越多，越能有效學習學習理論不磨而合；中研院許倬雲院士曾說「知識是成長智慧的基礎」，知識的學習不只是記憶與考試，更在品格與心靈上體驗成長成「智慧」，當我們終身養成由閱讀中「持續的學習」，不斷做思想的改造與新思維的釐清，就是自己生命的第一名。

我深信閱讀可以成長心智，抒發情感，也能藉由閱讀跨越時空，優游而自在的學習，生命便有了更多的智慧。儘管《中華兒童叢書》的編輯工作已經走入歷史，但是我非常肯定這個組織劃時代的貢獻，希望這套由歷屆教育部長簽署發表的叢書，若能有機會重新改組再出發，未來若能加入英語讀物、有聲書之類的編輯，將可提供更多元的素材供孩子學習，讓不同年代的童年經驗、時代的新知，由此套叢書再傳承。

我和《中華兒童叢書》的因緣

——五年級生戀戀不捨的閱讀初體驗

林慧美

民國六十幾年時，孩子們都在做什麼呢？今日懷舊的五年級生一定能如數家珍，像是打尪仔標、跳橡皮筋、和同學共吃一包王子麵、好幾個人分吃一個蘋果……，那是一個大家都不富有，卻有情有義的年代。

認真算起來，《中華兒童叢書》也和我們一樣是五年級生，民國五十三年出生的它，生於憂患，長於憂患，卻陪伴我們這些五年級生走過生命中最純真的年代。

我，一個即將步入前中年期的讀者，回想和《中華兒童叢書》結緣的經過，是一種如同青梅竹馬的情誼，彷彿只要走過時光隧道，就會再次見到當年那個綁著兩個小辮子的黃毛丫頭臉上燦爛的笑容，因為她剛從一個話語輕柔的老師手裡，得到了除了課本以外，生平的第一本課外書，那幾乎是貨真價實的「天上掉下來的禮物」，因為在那些電腦還沒出生，電視只有三台的歲月裡，《中華兒童叢書》那單薄的身影，代表的是一個和世界對談的機會、一個通往理想的窗口，同時也是一個孩子最貼近的夢想。

我敢說，那也是這一輩飽受聲光刺激的孩子所不能想像的享受。七年級生、八年級生怎能體會：在夏日，艷陽四射的午後，躲在涼風習習的竹蔭下，把腳浸泡在清澈的小溪中，手捧一本小書，聚精會神閱讀的況味？或者在冬天，冷雨拍窗的夜裡，哪一個新新人類曾經試過：躺在暖烘烘的棉被中，就著一盞昏黃的燈光，和一本小書交遊、交談，甚至交心……。我更想說，除了「真享受」，你不能用別的字眼來形容那種感覺。

曾幾何時，我們擁有了一座座美輪美奐的城市，閃爍著五彩的霓虹燈，但竹蔭卻一道道不見了，換來一個個噴著熱氣的冷氣出風口，挾帶著被物慾所迷惑的眩暈。幸好我們還能閱讀，還能藉著文字：幾千年演化而來的線條和符號，追尋和心靈互通的那個天堂，就如同幼時的我手中那一本本《中華兒童叢書》樸實的觸感與氣味所蘊含的意義。

《蔡家老屋》是《中華兒童叢書》中讓我印象深刻的一個故事，講述一座老宅第變成廢屋的經過。原來是一隻被老鼠夾所捕捉，卻拖著它到處走的大老鼠，在午夜時分弄出許多恐怖的聲響，害得蔡家人「疑心生暗鬼」，以致被嚇得搬離老宅；最引人深思的是故事的結局：一群孩子無意間的冒險，卻揭穿了蔡家老宅「鬧鬼」的事情真相。

我讀這個故事的時候，不過才十歲，如今忽忽已二十多年，故事的韻味為什麼仍久久留存？這並不難解釋，只因這是一個充滿本土味的故事，老宅裡每一個人的思考模式都是我們身邊處處可見的歷史經驗，所以它能自然地溶入一個孩子的內心，成為生活中的一個想法。

西方為兒童創作文學與圖書已有一百年以上的歷史，而我們所生活的台灣呢？不可諱言，本土的創作一直處在先天不良的狀態中。九〇年代初期，顏元叔曾經嚴詞批判學習西方文化與西方理論的外文系學者：「我們這一群人到如今還是處於鴉片戰爭八國聯軍被征服者的地位上：西方人繼承著勝利的地位，我們繼承著失敗的地位……西化中國知識份子幫他們殖了中國人之心！我們一直在向西方學習，做西方的小學生，中學生，白髮蒼蒼的老學生……」

顏元叔的質問擲地有聲：「請問，有沒有出現半個讓西方側目的學者？……」因此，他反覆再三的擔心我們「既不是西方人，更不是中國人，只是中西苟且的怪胎，餘孽！」（見顏元叔〈一切從反西方開始——為《中外文學》二十週年而寫〉）

這樣的擔心其來有自，身處在世界的地球村中，每個有文化意識的國家無不在兒童讀物的出版上大力經營，因為誰也不想喪失文化的特色。但如今我們卻聽聞《中華兒童叢書》要停止出版了，本土的創作會不會再度陷入景氣不佳的惡耗之中？果真如此，顏元叔的問題要到何時才能得到一個令台灣人覺得榮耀的答案？

如果早年民生匱乏，我們的政府都願意節衣縮食的設立一個為建立兒童的文化認同而存在的兒童讀物編輯小組，那麼到了許多人動輒花上幾百萬去買高級車、名貴首飾的今天，又有什麼理由去裁撤一個花費與其他單位不能相比、無形效能卻不可限量的本土兒童讀物的生產機構呢？文化不是商業的行銷和成本所能運算的結果，而以商業或國外授權為商業考量的閱讀「商品」，又怎能滋生「本土」的價值？

書寫與閱讀才是文化傳承重要的歷程，如果大人看完了書，才知道並沒有小孩看的書，我們的孩子要如何聞到那股閱讀的古早味？在文學、科學、健康、藝術、自然的這些領域，我們的創作者要去那裡找到一個比《中華兒童叢書》更自由、更有本土味的發表園地？

看到一棵已經開花結果的「書香樹」就要被攔腰砍斷，哪一個曾在它綠蔭中得到庇護的孩子不會感到心碎？如果連金鼎獎的肯定，都不能讓《中華兒童叢書》這棵書香樹逃脫夭折的命運，是不是我們的文化的根，也註定沒有起死回生的機會？

世間有些事情是千金難換的，就如同我在回憶中和《中華

兒童叢書》曾經共同經歷的那段成長的歲月。如果它將遠離，
我會一直目送它的身影，直到永遠……

閱讀《中華兒童叢書》之心得

——以《賣牛記》為例

彭正翔

《中華兒童叢書》是當年由台灣省政府教育廳的兒童讀物編輯小組主編，由聯合國兒童基金會贊助。所出版的叢書類別不單單只有文學類，還包含科學、健康等，並聘請名家、專家寫作，在那個兒童讀物缺乏的年代裡，能有這套優質的叢書，格外具有價值、歷史意義。

本文試以叢書中的一本書來詳加說明自己的閱讀心得。《賣牛記》是琦君所著，林顯潘所繪，出版於民國五十五年九月三十日，隸屬於文學類的作品。筆者選這本書的原因是認為此書深具文學性、時代性，另一方面則是個人對琦君作品的喜愛。

故事主要在說明聰聰的母親為了讓他到城裡求學，並替爸爸造新墳，不得不將老牛（阿黃）賣掉。但聰聰對阿黃有深厚感情，不忍心阿黃被賣走（很可能被殺），且樂觀地認為阿黃一點也不老（壯得很），所以堅決反對。當他得知阿黃被賣走時，立即到城裡找。到城中遇到好心的張伯伯，透過張伯伯的關係使他找到阿黃，張伯伯還用錢贖回阿黃。大抵而言，故事環繞著聰聰反對媽媽賣牛這件事，藉由聰聰和他人（媽媽、花生米、長根公公、張伯伯）的互動鋪敘情節。故事情節四平八穩，但其中又高潮起伏，以聰聰得知媽媽賣了牛為最高潮，其中又有一些衝突（如媽媽殺白鵝），之後遇到城裡的張伯伯則是一大轉機，使得問題得以解決。故事前部分即點明媽媽想賣阿黃。接著設計一個伏筆：聰聰對媽媽說：「媽，花生米送我的小白鵝長大了，您可別殺。」「誰殺你的小白鵝，不過你得看好，別讓牠到處拉屎，髒死了。」但最後媽媽仍因過節不得不殺白鵝而造成和聰聰的衝突。這樣的設計環繞聰聰的愛心，前後相連貫呼應，給人一氣呵成的感覺。

故事雖是以第三人稱的全知觀點敘述，在閱讀時卻不會給人一種冷冰冰的感覺，因為琦君用帶有感情的筆調書寫，在字裡行間流露出她的思想、意識型態。如以長根公公說的「狗和小乞丐」的故事，一來說明小乞丐的勇敢機智，襯托出人狗之情；另一方面也諷刺大人的殘忍、人性的黑暗面。貂的故事更藉由貂的仁慈、重親情、團結、有義氣和人類的陰險、貪婪相對比，也訴說琦君內心想法一動物皆有靈性，可以窺見作者的宗教觀、生命觀，作者將其教育意涵放入情節發展中。

作者亦擅長刻畫小孩的童真，帶給人一種童趣。如寫花生米：「她扳著手指頭算，『一、二、三、四、五，我比你小好多，那麼我應該喊你聽哥哥吧！』」寫得很生動，彷彿讀者面前就浮出一位小女孩正在扳手指。當她知道聽聽家裡缺錢時，她說：「我有媽媽給的十塊錢，叫我給爺爺買桂圓紅棗吃。」當她知道劉大嬸（聽聽的母親）要將牛賣掉時，她提議將阿黃牽到長根公公的家，並將牠藏起來。童言童語不禁讓人發出會心的微笑。作者也深入切進大人和小孩的不同觀點、思維，使作品更有深度：他（聽聽）總覺得大人們對一些事情的想法跟他不一樣。大人們很看重一樣東西的用處；沒有用，就不要了。有時候，為了錢，就把活生生的東西殺死，或是賣掉。長根公公則說：「大人的事和你小孩子的想法不同，你再長大一點就懂了……可是還有千千萬萬的鵝、雞、鴨，人們把牠們養大了就為著要殺來吃。莊稼人就靠這個生活。……世界上的事，有許許多多都是這樣的，你想通了就好了。」一方面站在勿殺生、尊重生命的觀點，另一方面則站在現實的層面來論述，彼此相互拉扯、掙扎。

在琦君的作品中，母親、小孩、老人都有鮮明的刻畫，扮演重要的角色。這篇作品亦寫出老者的智慧，如：「椅子的兩隻扶手被長根公公手上的汗油和煙油，抹得都轉成紫檀色了。長根公公打趣地說，這種古老竹子的顏色，比城裡那些桃花心木還值錢。他認為東西用得越久，對它越有感情，就再也捨不得丟了。」在那個物質生活欠缺的年代裡，珍惜擁有物成為生活的經驗智慧。不過琦君仍將這一點和主題相連：「他這種脾氣，聽聽看起來很有道理。對沒有知覺的東西是這樣，對有靈性的動物更不用說有一份深厚的情感了。」對老人慈愛的形象一直存於琦君的作品中，文中的長根公公、張伯伯就是很好的例子。如寫張伯伯：「聽聽，你只管把阿黃帶回家吧。錢，張伯伯會想辦法的。張伯伯有一瓦罐的錢，足夠帶你贖牛了。」文中對張伯伯著墨不少，藉由聽聽的鈴鐺使他睹物思人（已故的孩子），並將聽聽投射成自己的小孩，文中有寫：「他（聽聽）把鈴鐺遞給張藥膏（張伯伯），張藥膏接過來使他想起自己木箱裡的兩個小鈴鐺。」張伯伯還說：「我以前有一個小孩，如果長大的話，可以做你的大哥哥……這是他媽媽套在他兩手上的。現在我把它（鈴鐺）送給你，你自己拿一個，一個送給你的朋友花生米。」對於聽聽母親的角色，乍看之下較不鮮明，其實不然。聽聽對母親的看法較表層，文中說：「劉大嬸本來就是個不喜說話的人，自從丈夫去世以後，她的話更少了。就是對唯一命根子的聽聽，除了喊他三餐吃飯，叫他多穿點衣服，或是吩咐他做事外，也很少有什麼話的。因此在聽聽的心目中，媽媽是個不大重感情的人。她很少笑，從來不哭。」我倒認為她不是冷血、冷酷無情，而是受到現實的抉擇不斷壓抑自我，對現實反映某種程度的無奈。她所面對的問題是：需要很多錢，使聽聽進城入學、造新墳、還債（聽聽爸爸生病時欠很多錢）。她因殺鵝而落淚，她心中充滿著許多哀愁。作者對她的心理有細膩的描寫：「她的面容，在黯淡而跳躍不定的菜油燈光下，顯得非常憂慮陰沉。因為在她的心理，有一份難以形容的痛苦和淒涼。她想起死去的丈夫，想起這些年來生活的艱苦，想起聽聽以後的學業問題，她的眼圈兒濕了。可是她是個不願意當著孩子掉眼淚的人，她把臉轉過去，藏在陰影裡。」母親抉擇和聽聽的問題（要到城裡讀書還是在鄉下做零工）成了兩大難題。作者也細心到對不同年齡層的孩子有不同的刻畫：「他心裡充滿了悲傷，也充滿了問題。媽媽那麼仁慈，卻為什麼不能遵守對他的諾言呢？花生米望著劉大嬸紅紅的眼圈，在心裡想：『劉大嬸做錯一件事，聽聽哥哥跟她吵了嘴，她哭了。原來大人做錯事情也會哭的。』」不同年紀的小孩對相同事物有不同的想法、看法，作者處理得很恰當。

文中對江南的風光有一番生動的描寫，如「江南的春是美麗而長久的，尤其是農村，早晨溫和的陽光曬著潮濕的田埂，散發出青草和泥土的芬芳；田裡是鵝黃的菜花與翠綠的麥子相間，望去好像一片編織精巧的毯子；野蜂在菜花頂上飛來飛去，微風吹翻著麥浪。」作者善於捕捉田野的味道，寫出鄉下的感覺。故市場景雖然發生在大陸江南，也有一些早期南台灣的相似處，可看到時代性。啟蒙、成長是兒文主要的題材之一，聽聽經歷在家—離家—回家的過程中得到了不少的成長。這篇故事不單單具有文學性、時代性，也是生命教育、死亡教育（殺生）、親職教育的好教材。

悠遊於經典智慧裡

——讀「中國古典寓言故事」系列叢書

趙秀金

依稀記得，小時候讀過一些有趣的寓言，例如「守株待兔」、「鷸蚌相爭」、「揠苗助長」等，即使隨著年歲的成長，美好的故事內容仍深深刻印在心田深處。而我，很幸運地，因為論文研究的需要，得以再一次重溫那些睿智雋永的寓言故事。意外發現，教育廳兒童讀物編輯小組於民國七十七年至七十八年間，曾出版以「中國古典寓言故事」為專題的一系列《中華兒童叢書》，包括《莊子》、《列子》、《韓非子》、《呂氏春秋》、《戰國策》共五本。這一系列專題叢書，成為日後教學活動的重要補充教材，更成為班上同學作報告以及課堂討論的參考資料來源，我和孩子們都很珍惜這個悠遊於經典智慧裡，彼此相互激盪生命火花的機會，在此樂意將閱讀與教學的

心得與大家分享。

想要了解戰國時代道家思想的代表人物——莊子的人生哲學與思想觀念，在《莊子》書中，我們便能一窺究竟。〈混沌開竅〉故事裡，儵、忽為了報答混沌之恩德，而為混沌開鑿七竅，結果卻導致混沌的死亡。高中國文課本教材配合《中華兒童叢書》閱讀，孩子們熱烈討論，學習從另一個角度來理解：天地間的事物，都有其自然的本性，人們應該以謙卑的心，學習尊重萬物，並且順應其自然而發展。如果單憑自己一廂情願的熱情，即使是善意的作為，都可能導致相反的結局。〈痀僂承蜩〉的故事，講的是一個駝背的老人，經過一再苦練，到達心志專一，精神集中的境界，因此，用竹竿黏蟬，就像用手抓那麼容易而沒有失誤。故事主旨藉由孔子的話點出「用志不分，乃凝於神」的境界，對於體育班學射箭的孩子而言，感觸尤其深刻。寓言故事的精妙可愛之處，就是藉事說理的闡述方式，使得抽象道理變成具體易懂，而且發人深思的人生哲理。書中其他寓言如〈庖丁解牛〉、〈東施效顰〉、〈莊周夢蝶〉等故事也很精采，內容反映了莊子對待生命的態度，一切順應自然，逍遙無為。利用教學課程的教材，輔以《中華兒童叢書》「中國古典寓言故事」的內容教學，學生們更能明瞭莊子寓言的特色，精簡活潑的文字，瑰麗豐富的想像，加上出人意表的誇張，細膩傳神的描寫，間接宣揚了莊子放任自然、絕聖棄智、反璞歸真與避世養生等一系列政治和人生哲學。

中國古典寓言故事系列《列子》一書，則選錄了九篇寓言。〈放生不如禁獵〉的故事，由趙簡子用重金收買動物放生的做法，闡述了行善應從內心做起，徒重外在的形式表現，反而解決不了實質的問題，更可能殘害萬物。當讀到了〈一定是他偷了我的斧頭〉，故事中的「亡斧者」，學生們體悟到很多時候人們很容易受到自己主觀看法的誤導，尤其是當發現對自己不利時，往往存著以偏概全的觀念，彼此間的誤解與衝突就無法避免了。像這類的寓言故事，內容簡單明白，淺顯易懂，然而，其言外之意正蘊含著許多為人處世的重要哲理。閱讀《列子》寓言，也讓我們看到遠在一、二千年前，中國思想家已提出萬物平等、生態保護的科學觀念，以及對宇宙自然和人生價值的看法。

戰國時期韓國公子的韓非，是法家的集大成者，他的政治思想主要表現於《韓非子》一書。兒童讀物編輯小組策劃「中國古典寓言故事」系列，亦取材自古籍《韓非子》，收錄了二十一則寓言故事，編輯改寫成適合國小高年級學童閱讀的兒童叢書。其中幾則耳熟能詳的寓言，如〈買鞋的人〉對盲目的固守舊法，做事墨守成規，不知變通的人做深刻的批判。〈扁鵲與蔡桓公〉的故事，則告訴讀者一個重要的道理：許多災禍常有徵兆，其實是可以防範的，在問題不太嚴重還可以處理時，就應該及早解決，否則一旦病入膏肓時，已是無可救藥了。在中國文學典籍中，《韓非子》一書文章結構嚴密，議論透闢，辭鋒犀利，言論峭拔，對後世議論文的發展啟迪尤深，學生們藉由「中國古典寓言故事」系列叢書的閱讀，了解平時常運用的成語，原來出自於此，漸漸地，不再視閱讀文言文為畏途，也對中國古典文學典籍的閱讀，向前邁出了一步。此外，也從

《戰國策》摘錄了十則寓言故事，編輯改寫成《中華兒童叢書》「中國古典寓言故事」系列。〈狐假虎威〉、〈驥遇伯樂〉、〈驚弓之鳥〉等寓言，都是膾炙人口的精妙之作。《戰國策》內容多為戰國策士、謀臣縱橫捭闔的談說與活動，同時也反映了各國成敗興亡的歷史，透過生動有趣的刻劃，人物形象鮮活，令人拍案叫絕。兒童版的《呂氏春秋》也擷取了十篇寓言加以翻譯改寫，配上鮮活靈動的插圖，提高了學生閱讀接觸文學典籍的興趣，而我有機會再三咀嚼、細細品味這些簡潔細膩的寓言故事，從中體會前人智慧的光芒，雖然經過兩千多年的時光，仍能通過時代的淘練，依然在這些簡短凝鍊的寓言故事裡，閃耀著光芒。

寓言可以說是生活中最富意義，最具智慧的創作，它並不直接反應現實，而是把哲理、概念藝術化，透過淺白易懂的虛構故事情節，以諷刺、詼諧、比喻、寄託等筆法，來說明人生哲理，或寄寓道德教訓，或表達人生經驗。先秦時期以後，中國古代寓言逐漸蓬勃發展，尤其戰國時代，可以說是中國古代寓言創作的黃金時代，留下大量的珍貴創作，這些前人遺留下來的文化資產，正是我們可以傳承給下一代的。很難得的是，兒童讀物編輯小組能用心的策劃此一專題，編輯出版相關主題的《中華兒童叢書》，每一本書都由相關領域的專家學者執筆，以淺顯明白的語言文字加以翻譯改寫，配上生動活潑的插圖，引發孩子閱讀的興趣，非常適合做為兒童閱讀中國文學典籍的入門書籍。而且，每一本書前面均有導言，概括介紹當時的時代背景及各家思想潮流，故事原文除了意譯之外，白話改寫也能流利順暢，讀起來沒有太多說理教訓的僵化意味。每一篇故事末尾都有「言外之意」，是作者試圖引導小讀者從不同的角度去閱讀、去思考，「仁者見仁，智者見智」，讀者可以馳騁想像，自由地加以運用，賦予新意。尤其值得一提的是，每一篇故事均附錄原文，「大朋友」、小朋友可以依其程度對照著閱讀，可以說是「老少咸宜」喔！

這一套五本「中國古典寓言故事」系列兒童叢書，內容有如古人智慧的萃練，呈現生活真味的流露，人生困境的突破。

現今e世代的閱讀習慣中，人們偏愛於速食化、圖像式的閱讀，卻忽視了缺乏內涵的閱讀，背後其實是空虛與疲憊的。並非只有西方的文學才是經典，在浩瀚的中國古典文學典籍中，也有著許多亮麗的瑰寶等待發掘。中國古典的寓言，不只是一種文體，亦非艱澀難懂的古文，而是蘊含著處世態度、人生哲理與生命智慧的累積。期待在眾聲擾攘的時代裡，每個孩子能從年幼開始，藉由師長、父母的引導，建構新的閱讀思潮，在探索智慧活泉的寓言中，藉由中國經典寓言的閱讀，走出自己的處世哲學，對自我生命的成長有更深的體悟。

喜閱之路

林德姮

小學時，我只讀教科書，其他書都不讀，因為讀教科書已經很累了，除非考試，否則為何要浪費玩伴家家酒、跳橡皮筋和看卡通的時間，來啃一粒粒像小石子般的方塊字。所以老師常在成績單上勸我：「多讀課外讀物」。

爸媽都不識字，根本不知如何、也沒心思要求我讀課外讀物，當然，我樂得輕鬆。但是，這件事讓大我十九歲的二姐知道了，她立刻義無反顧的開始張羅我的「課外讀物」。

那時，她已經在小學教書了，從學校借回一堆《中華兒童叢書》，她說：讀這些書會讓你知識豐富。規定我一個星期要讀幾本。喔！天呀！這是多麼慘的一件事呀！儘管我考試成績優異，但是要讀一本書，是蠻難的。有幾次我也想努力振作，認真的打開書來看，但是不消幾分鐘，瞌睡蟲就找上門，或是忍不住開電視，或跟隨著鄰居友伴的吆喝，加入遊戲。

這一本本方方正正像營養口糧一樣的書，雖然營養，但不太可口，通常我只看它們的封面，如果書名有趣，才會翻開讀個幾頁，不久，又哈欠連連，隨後即不了了之。之後，二姐結婚忙著組織新家庭，也無暇管我了。

但是，人有時就這麼奇怪，沒人盯著唸，反倒想看書了，尤其字少圖多的書，像《太平年》、《顛倒歌》、《我要大公雞》……等兒歌韻文，大聲唸起來覺得自己的台灣國語也字正腔圓多了，捧著書，昂首朗讀，愈唸愈有趣，開始迷上了自己朗讀的聲音。

後來覺得這些書字太少了，唸起來不過癮，就向姐姐要求，拿長一點的書回來借我，我一樣拉開喉嚨唸了起來，這樣的舉動，在鄰居的友伴中，儼然是極有氣質的，於是他們漸漸集合在我家的門前，聽我大聲唸故事。我們還會討論書中的內容，雖然沒什麼真知灼見，但也不乏一派天真的洞察：這本書太無聊了，換一本，這本書字太小，再換，這本書圖太少，還要換。我們對書最高的評價是——這本書很好笑。

那時，我隱然可感受到，手中拿著書像掌握著某種魔力，讓我在同伴中的地位攀升。生長在不富裕的家庭，靠著姐姐借回來的書，讓我能像大人世界的專家學者一樣，一開口就一堆人仰頭。這樣的虛榮是會上癮的，我催促姐姐借回更多書，每次她回娘家，一定會帶來一疊大小適中、形狀方正的《中華兒童叢書》，不知何故，從沒見過別的，讓我一度以為，所有的「課外讀物」都長這個樣。

我還記得有一本書，寫著一些樹，來自不同的環境，吸收不同的聲音，每棵樹都會發出屬於自己的聲音。有一棵木棉樹，輪到她發聲時，她卻嗶哩叭啦發出一連串可怕的怪響，原來她是一棵行道樹，吸收了都市汽機車的噪音。

當我念到這段時，有人提出意見：「怎麼可能？樹哪會叫？猴子會叫、雞會啼，就沒聽過樹會發出聲音。」

同伴們不以為然，我無法跟他們爭辯，但是深深為木棉樹的痛苦而感動，彷彿心中有一處敏感的地帶被碰觸了，我的心靈似乎有了更敏銳的體悟。有時，閱讀是很私密的，很難跟人分享，尤其這些人無法體會我的感受時。從此，我喜歡自己讀，不再大聲讀。

就從這一本本方正的《中華兒童叢書》，我才知道作者是把字寫成故事的人，就是他們，幼年的我才能藉著文字穿越時空，進出不同的想像，釐清許多感覺，在攀爬一個個文字後，捕捉到一些意念，那種靈光乍現、豁然開朗的視野，是我之前從未感受過的。閱讀文字是很累人的，但是閱讀之後那種脫胎換骨的成長，是驚人的甜美。

現在我也是小學老師了，每天到學校去，事情就排山倒海湧來，趕教學進度，排定功課，注意學生的家庭狀況，身心發展、關心他們情緒起伏、排解吵架、推擠、競爭等糾紛，縱有千百種大小事要管，但是我仍然不忘一件事要做，到圖書館，借《中華兒童叢書》回來，在班上一起讀。

我們大聲的朗讀《鵝追鵝》，讓富節奏的韻律在教室迴

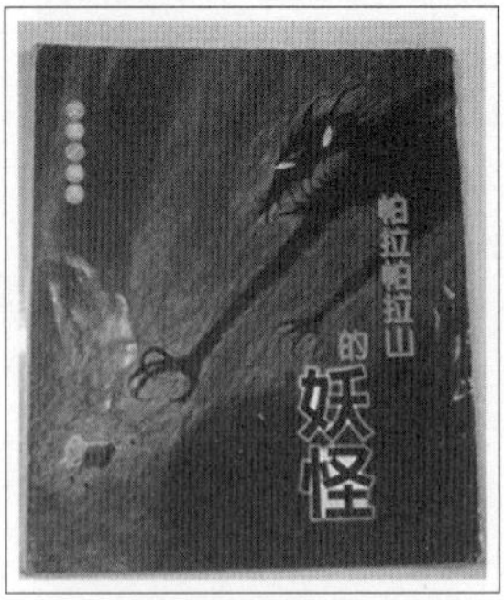

盪；大象林旺去世了，我們讀《好好愛我》，回溯動物園搬家的故事；討論飼養寵物，我們讀《咪咪找小主人》；學習影子形成，我們讀《帕拉帕拉山的妖怪》，數學的分數問題，可以看看《四個朋友》的故事……這些都是「課內讀物」，全班一起讀，去除一個人孤獨攀爬文字的辛苦，而且故事書比教科書有趣多了，在課堂上，每個人拿著書本，入神的閱讀，從他們專注的臉龐，我看到天使的光采。我知道樸實如營養口糧的書本，在恰當的時候，也會發揮最好的效用。

在流行「班級讀書會」之前，我知道很多老師早就跟我一樣，在教室裡運用《中華兒童叢書》豐富教學，只是我們沒有響亮的口號，讀的也不是國際大師的名作，我們從不認為這是什麼寧靜革命，只當呼吸般平常。我記得這些書握在我手上的感覺，我的手一頁頁的翻動，一頁頁展讀，這樣的動作在我生命中展開一種喜悅的儀式，如今我在課堂上延續。

就是這個理念，我在學校，將所有的《中華兒童叢書》，集結四十本裝成一個書袋，送到各班級，讓小朋友都能方便閱讀，每週輪流，常常有新鮮的書看。雖然，今日的台灣富裕了，但大部分的家長，對兒童閱讀的關注仍未隨著經濟起飛，期待人手一冊精美的繪本，雖不再是天方夜譚，卻也非簡易可行。然而，藉著《中華兒童叢書》，我找到一個機會，讓我的學生和書親近，形成共同的話題，產生個別的體驗。也許有人會跟我從前一樣不愛閱讀，但是我更相信，有人會因為某一本書的某個意念，在他的人生旅程中發芽，開展出另一種生命風貌，人生本來就是充滿了驚奇。

童詩花園

林茂興

我想挑一本兒童詩集教孩子寫童詩，看了坊間的童詩教學範本和童詩學習單，都覺得不合適，剛好在教室書架上，看到由中華兒童叢書出版的《怪東西》，細讀了詩集的內容，發現裡頭的二十首童詩，特別注重情意的薰陶，非常適合孩子學習童詩，拿來當童詩教學的教材是最佳的範本。

《怪東西》是林武憲的第一本兒童詩集，大部份的作品都是他參加「兒童讀物寫作研究班」時所寫的。書名取為《怪東西》有其用意，是為了引起孩子的好奇心和求知慾，想吸引孩子早一點知道什麼是怪東西。

《怪東西》的內容，以引起孩子興趣為出發點，內容淺近易懂，每一首都是很好的詩，裡頭談到了大部份孩子喜歡讀詩，但是，詩是什麼？孩子對詩很難有個清楚的樣子，我們又很難跟孩子解釋清楚，所以《怪東西》針對孩子身邊的事物，以自然現象為題寫詩，讓孩子讀詩的同時體會詩的特質，領略詩帶來的喜悅，這是一本以平易實際的方法，從孩子的生活為出發點，兼具淺顯易懂和深入淺出，專門為兒童寫的詩集。

在《怪東西》裡，最後的「想一想：」有三個問題，要孩子去想一想，教孩子怎麼來認識兒童詩，分辨詩特別的地方到底在哪裡，「做一做：」也有三個題目要孩子回答，鼓勵孩子自己練習寫兒童詩，教導孩子在練習寫兒童詩的同時，要好好選擇題材，才能寫下最能感動自己的東西、景象、事情與情感的詩，可見《怪東西》在兒童詩教育上的積極與用心。

該如何將《怪東西》運用到我班上的童詩教學呢？前三週穿插《怪東西》裡的童詩作為教學內容，透過和孩子的互動分享，試著給孩子一個清晰的觀念，至於童詩課程的安排，第一週談「童詩的音樂」、第二週談「童詩的風景」、第三週談「童詩的想像」、第四週寫〈童詩花園〉學習單，作為孩子童詩學習的總驗收，學習單的設計主軸，更是從認識兒童詩，分辨兒童詩，到如何寫兒童詩，一步一步來教導孩子，想一想之後，接著來做一做，循序漸進的以七個題目，讓孩子來親近兒童詩，最後能喜愛上兒童詩。

第一週談「童詩的音樂」，我從〈我要做個小仙人〉入手，從詩行自然的韻律和節奏上來看，教孩子體會〈我要做個小仙人〉的音樂性表現得恰到好處，在押韻上表現得自然不牽強，例如第一段的「人」、「塵」、「們」；第二段的「蝶」、「樂」、「淚」；第三段的「叭」、「家」、「媽」。我和孩子一致認為林武憲創作時，嘴裡一定唸唸有詞，不斷的推敲語言的自然韻味，才能讓詩的文字音符流動起來，演奏出優美的音樂，這一堂課我們一起找詩集裡頭童詩的押韻，包括頭韻、尾韻、行中韻、頂真韻，當他們從詩裡頭找到押韻字，就會莫名的歡呼尖叫，找完詩集所有押韻後，我們再一起把詩朗誦一遍，我聽到優美悅耳音樂，從我們的嘴裡演奏出來，帶著一份不同的韻味，就好像我們都已經聽懂了「童詩的音樂」。

第二週談「童詩的風景」，《怪東西》是一本為兒童而創作的兒童詩，除了音樂的表現以外，特別注重繪畫的圖像表現，〈山也怕冷〉短短的三行，有形象的表現，也有圖畫的配合，開頭的一行「山也怕冷」，帶出後兩句：「秋天就蓋著落葉的被子，冬天就戴上白色的帽子」有趣的形象意義，於是一幅清晰的風景，便浮現在眼前，我邀孩子試著閉上眼睛，去想像〈山也怕冷〉裡的風景，用身體、用心去感覺體會，接著把擬人化的「山」換成了「我」，作為今天的句子延伸練習：「我也怕冷……」，讓孩子口頭發表自己的詩，這一堂課的收穫孩子比我還要多，藉著彼此熱鬧的發表討論，無形之中大家看到了更多人心中的風景。

第三週談「童詩的想像」，舉〈風箏〉來說明想像，風箏屬於天空，風箏飛不起來，就不是風箏，如果將詩譬喻成隨風飛舞的風箏，詩一定可以像風箏一樣，自由自在的在天空飛翔，換句話說，詩如果飛不起來，就不是詩，詩飛翔在我們的心海，放得開，或高或低，而又不完全離開生活的地面，詩要時時貼近我們的生活，快結束時，可能孩子聽不懂這一節我說些什麼，便主動的說要把〈風箏〉演出來，有人當風箏，有人當明明，有人當風，有人當風箏線，演出時旁邊還有人把詩朗誦出來，看著他們演戲，我明白他們已經懂得把抽象的東西，給具體的呈現出來了。

第四週寫〈童詩花園〉學習單，作為童詩教學的結束。

我把《怪東西》拿來當上課的教材，和同學們一起朗誦裡頭的童詩，我們感覺到林武憲的兒童詩，一定是念了又改、改了又念，把所有不自然的字，改成富有自然韻味的字，讓詩表現得既流動又順暢，這四週的童詩課，我很高興和孩子們一起把童詩的音樂唱出來，一起把童詩的風景畫出來，也一起把童詩的想像演了出來。

童詩花園　三年四班　座號：　　　姓名：

讀完這本書，請你想一想：

1.這是不是你第一次讀詩？

2.詩都是一行一行的，是不是隨便什麼文章，把它分行來寫，就可以算是詩？那麼你認為詩有些什麼特別的地方？

做一做：

1.不要以為寫詩是大人們才能做的事。要是你的文字很通順，你也可以練習寫詩。

2.你要好好選擇題材，什麼東西，景象、事情、情感最感動你，你就寫什麼。

3.盡量使你寫的詩念起來好聽，給人的印象很美，教人越讀越覺得有意思。

4.試著寫下你自己的詩，讓我們一起來分享。

（參考《怪東西》教育廳 1972/12 頁42）

十位美術家的故事

陳英耀

十多年前我甫由美國留學回來，眼見西方現代藝術活動風起雲湧，反觀國內藝術環境空洞薄弱，一心想提振台灣美術風氣，培養下一代藝術家，毅然開設一間美術工作室，專門教授有志於考取藝術學院美術系的高中生。

源於在美國所受之洗禮，我除了傳授技法之外，也著重介紹西洋美術文明的發展與新藝術流派的現況。一心一意只想擴展學生視野，希望下一代能見賢思齊，急起直追。

五、六年教畫生涯過去之後，我漸漸的感到貧乏無力。我曾多次反省，學生們努力練習，多能靈活掌握素描、水彩、粉彩、油畫等各種媒材的技法，對於西方巴洛克、洛可可、浪漫派、印象派、野獸派、達達、普普……等藝術流派，也都能分辨鑑賞，一心想塑造他們成為明日台灣藝術家的我，應該是充滿成就感才對，然而心中卻不知為何常常有空空的感覺。

有一天，讀國小的兒子拿了一本書回家，說是老師交代功課，必須寫讀書心得，苦於不知如何下筆。我拿過來一看，是中華兒童叢書編輯的《十位美術家的故事》，心想，老爸我是教美術的，此時若不能幫兒子交出一份漂亮的作業，豈不讓老師笑話了？

我叫兒子放心，我一定幫他的忙，然而打開書本閱讀之後，我卻稍稍遲疑了。並非我無法完成這一份心得，而是一種心虛的感覺震撼了我。陳澄波的風景油畫精麗典雅，黃土水的雕塑圓潤有情，陳進的仕女畫恬靜，氣質幽雅，李梅樹的人物精神奕奕……，他們的作品同時都流露出一份真實的生命力。這些作品我都能分析鑑賞，這十位前輩畫家也都耳熟能詳，而自詡為台灣藝術家的我，竟產生了陌生的感覺。

這些作品中的本土風景、動物、人物，都是我們日常可見的，為何在我心海中的存影卻比不上蒙娜麗莎、大衛雕像、鬥牛場景來得鮮明？從創作的技法來看，十位前輩藝術家的境界自是登峰造極，不容懷疑，為何我從不曾關心過他們，也從未介紹給學生知道呢？只因他們的風格跟不上潮流嗎？使我意想不到的，這些作品的形象竟然在當晚侵入我夢中，使我夢回童年時期悠遊田野的景象。那是風和日麗的下午，一派天真的自然田園，微風兀自的吹著，溪水任性的流淌，無憂無慮的農夫在日落前躺臥竹蔭下休憩……。

「藝術家來自於生活，我覺得他們把生活周遭的事物，描繪得很好，讓我知道了，生活中到處都有美的蹤跡。」在我的口述之下，兒子的作業終於完成了，那不過是簡單的幾行字，卻是我心中千波萬頃的激盪。

我終於找出熱度過後貧乏無力的原因了，原來西方藝術強調「人」，將人從自然中抽離，由於時代變動，人心思異，各類派別應運而生，推陳出新，引領風騷，然而那與流行相同，永遠是追求不盡的。藝術成了媒材與技巧的「發明比賽」，而真正帶給人們心靈「美的感動」，卻淪為其次了。

我想起一句席德進說過的話：「盡量少去接觸世界的新潮藝術，為的是讓自己的藝術向泥土扎根，不要受干擾，要自己成長起來。」

初聽這句話時頗不以為然，而那時終於瞭解席先生語重心長。

於是我改變作法，除了仍然讓學生畫石膏像與靜物之外，我還帶他們到鄉野畫古厝、古蹟、廟宇，述說台灣歷史，讓他們明瞭台灣是融合荷蘭、中國、日本與原住民等多元文化的豐碩之島，每一樣先民遺留下來的東西，都值得我們分析欣賞。幾次之後，我不但找回教學的熱力，心中更有一股暖暖的充實。

有一次，我帶學生及全家到田中控窯，一番遊戲和飽餐之後，大家拿出畫筆記錄美好的時光。使我驚訝的是，學生畫出的作品充滿了泥土的味道和樸實的歡笑，比在畫室裡單單描繪模特兒要來得自然生動許多。有一位學生頗富創意，一張畫紙中只畫了一顆烤熟的蕃薯，那皺摺的肌理，那焦炭的外皮，使我彷佛聞到蕃薯香甜的味道，使我找回好久不曾出現的感動。記得在美國欣賞許多大師名作時，心中都有無限讚嘆，卻怎麼也比不上這一次的經驗。

藝術原是來自於生活的，創作者不能缺少土地的滋養，一味的學習別人並不能後來居上，只有關懷自己生長的環境，在環境中擷取資材，開創出自己的風格，才能和別人一較長短。台灣有獨特的人文，有美麗的山海，有鮮麗的陽光，有熱帶的空氣，她便有獨一無二，不可取代的美，只要我們將內心的感動真誠的表現出來，就會是出色的作品，也就能感動欣賞者。

《十位美術家的故事》裡沒有高深的藝術理論，沒有傲世的豐功偉蹟，卻引領迷失的我，找回了深厚的土地情感和失落已久的自尊自信。

芝麻開門，童書城

謝鴻文

遙遠的中東，《天方夜譚》的故事像黑夜樹林裡神秘的螢光，一閃一閃的召喚，從打開書的那一刻起，我們彷彿都成了阿里巴巴，對著一座又一座深暗洞穴喊出：「芝麻開門！」

然後，夢想就得以實現，得以歡喜俱足的擁有。

那夢想啊，也許很微小不足道，不在乎是不是金燦燦的珠寶，我清清楚楚記得自己的願望，就是坐上那一張可以飛天遁地的魔氈，如此而已。如果可以坐上，心願足矣。

等我又長大一些，沒記錯應該是小學三年級吧。許是看膩了異國的天馬行空，我忽然渴望看見我們中國的，我們台灣的，兒童文學創作。除了盤古、除了嫦娥、除了孫悟空，我們還有別的嗎？

老師告訴我，有的，在學校沒什麼人去，有些灰灰暗暗的圖書館裡。那裡面有寶藏喔，老師眼睛閃著光微笑說。

我邁著小小的步伐，登登登爬上樓，深紅色窗簾掩蔽的窗，果然使圖書館黝深如洞穴。我沒有害怕，反而想起阿里巴巴的密語。不過，我當然沒有對著圖書館外的門喊：「芝麻開門！」拉長頸子，小腦袋先往裡面探呀探，發現裡面只有一個阿姨（或老師）在裡面埋頭寫著東西。我躡手躡腳走進去，簡直隱形一般，阿姨她並沒有抬頭注意我，直到我經過她的桌邊，她才慢慢抬起頭，給我一個善意的笑容。我不喜歡她的口紅顏色，跟窗簾一樣，塗在她有些白的臉上，好像一張白色考卷被紅筆劃下一個大大的「0」。

我走進一排排書架，聞到一股淡淡的霉味，如果圖書館沒有冷氣空調，我恐怕就要窒息在裡面了。圖書館儼然書的墳場，一本本無人翻閱的書葬身於此。書死了嗎？為什麼以前的老師都不帶我們來這裡，是怕我們被書的屍體嚇到嗎？

我覺得自然器材室那一罐罐浸泡在浮馬林裡的動物標本才

恐怖呢，書，我讓它復活了。

我一本一本找尋，抽出一本書，看看書名、封面、作者，覺得喜歡就席地而坐看起來，直到下一堂上課鐘響，尿急都把它忍下了。

後來，我就成了圖書館常客。阿姨的口紅依舊紅艷，唯一不同的是，書的霉味越來越淡了，好像它們剛剛去做一趟日光浴回來。

圖書館裡有一排書叫《中華兒童叢書》，不厚，四四方方的像一塊磁磚，我真的有想過把它們一本一本拼接在地上，那會是怎樣的一幅圖畫呀？

拼圖計劃沒完成，因為我只是想像放肆，心和手都很乖，規規矩矩的不敢亂造次。《中華兒童叢書》每一本書都很新鮮，有如冰箱裡剛取出的蔬果，它的營養可以嚐出來。它的新鮮，當然是因為有不同的作家，書寫不同的題材，童詩、兒歌、故事、童話，還都有精美的圖畫，我真的覺得它比課本有趣。

先說作家吧。謝冰瑩、潘人木、林良、琦君……，她們的真名或筆名都好有意思，跟身邊認識的人都不一樣。差點以為她們是外星球來的，不然怎麼可以寫出這麼多書呢？那時我討厭寫生字，更被寫作文打敗，誰能料到後來我竟也愛上寫作。如今想來，也許就是當年這群「外星人」把我洗腦的，或者在我翻開她們的書那一剎那，她們就在我體內偷偷地注射了一種「文字分裂細胞」，讓文字會在我需要的時候，自行分裂演化出一個個語詞，串接成句，再成篇。

再長大一些，有點自以為是的不再看兒童讀物，拿起厚重如磚的文言全本《紅樓夢》看，別人以為會像啃樹皮沒有滋味的書，我倒嚼得津津有味。更多成人書跳進我的記憶裡，才發現寫《煙愁》的琦君，寫《漣漪表妹》的潘人木、寫《女兵日記》的謝冰瑩，和寫兒童文學的她們都不太像，成人文學裡的她們可能有比較多的哀愁、辛苦，兒童文學中的她們則是親切溫暖，像是夜夜為孩子說床邊故事的慈愛母親，文字細細柔柔，有平靜心靈的功力。

在兩種文學世界裡自在轉換，而且都有一番成就，使我更加懷疑她們根本就是外星人。

我的外星人假設，還有一個女詩人，叫蓉子。她寫的《童話城》是我看的《中華兒童叢書》裡第一本童詩，她說：「井是一疊疊唱片砌成的回音室，／井壁上全是一圈圈唱片上的紋痕。」我讀著便好像有音樂依依嗚嗚的傳來，詩人接著又告訴我們井是青蛙做夢的好地方：「在那兒，／一隻小青蛙夢見自己是世界上／最尊貴的國王！」

呵！這世界上居然有生物跟我一樣愛做夢。井是小青蛙的城堡，而我的城堡，就是那一座圖書館了。

蓉子這本詩集還有許多晶瑩的甜品，有如一串串結實累累的葡萄，在陽光下映著亮紫色的光。那一首長長似火車的〈童話城〉是我最喜歡的，童話城裡純美寧靜，城裡的人都善良有夢。只要在那裡住上一晚，想像的清泉湧動，美妙的故事就匯成小河，潺潺流進孤苦的小孩的心，洗滌他們悲傷的心……

很多年後，怕童心丟了，我又回頭讀童書買童書。知道

《中華兒童叢書》不再出版了，趕赴台北台灣書店再搜尋一些記憶，我又幸運的找到《童話城》等書，放進背包時感動的像撿回生命中一個極珍貴的紀念品。現在我的家就是一座圖書館，我依然是國王，每天喊著：「芝麻開門」，走回我的童書城。

藏著一批書，我更期望又過許多年後，我或妹妹的孩子也在那兒當起國王。

蔓藤花開時

賴夷倩

一個偶然的機緣中，為了上鄉土教材課要尋找一些植物資料的我，在學校圖書室裡看到了《中華兒童叢書》出版的這本《蔓藤花》，隨手翻了翻，發現裡面藏了許多的豐富寶藏，恰巧有我需要的植物資料，仔細一看，書中，不但有各種美麗的花朵照片，更以孩子們能理解、感興趣的文字來描述這些主角，字字都能引起讀者的注意力，好像花兒們跳出來自我介紹一樣的生動有趣，我馬上將這些難得的寶帶入了課堂上。

「小朋友，你們看，這些都是蔓藤花卉，它們都是莖葉具有攀爬或蔓延能力的植物喔！」教室裡，實物投影機把蔓藤花卉嬌俏迎人的姿態呈現在大畫面中，小朋友們的眼睛也隨著為之一亮：「哇！好漂亮的紫色花朵喔！爬滿整面牆耶！真是太厲害了，老師，那是牽牛花嗎？」

都市中的孩子們，很少有機會見到這些林野中漫生綻放的花朵，就算走在路上看到了，也不知道這些花朵的名稱，小腦袋中自然裝不進這些一閃而逝的無名過客囉！想不到，今天只是坐在教室裡，竟然就可以看到這些滋長在大地當中的成員，看到這些屬於大自然的美好事物，孩子們個個都雀躍不已，睜大專注的眼神，熱切的看著這些圖片。

看到他們興趣盎然的小臉，我真想把書中所提及的所有知識一一解說出來，讓他們都能來讀讀這本書！

咦？「讀讀這本書。」這倒是個不錯的主意！《中華兒童叢書》的冊數大部分都夠一個班級的人數閱讀，我靈機一動，問孩子們：「想不想讀一讀這本書啊？」被封面那一朵朵朝陽中盛開的紫色小花所吸引，孩子們紛紛搶著要看，深怕落後了看不到，空氣中似乎有一觸即發的火藥味兒瀰漫，電光火石中，都快吵起來啦！「別急，」我趕緊接著說：「這套書夠多，全班每個人都有一本可以看喔！」老師一宣佈完後，馬上聽見孩子們滿足的高喊：「耶！每個人都有一本可以看？！萬歲。」，那付高興的模樣，好像得到了什麼稀世珍寶似的。

看過這本《蔓藤花》之後，班上的說書先生開始說起故事了：「原來使君子的果實有驅蟲的功用呀！你知道它為什麼叫使君子嗎？它是為了紀念郭使君用這種植物的果實來治病的……」

「你看，軟枝黃蟬的花朵又大又黃，好漂亮哦！真想種種軟枝黃蟬，可惜它是有毒的蔓藤植物……」喜歡收集漂亮事物的妮妮婉惜的和旁邊的同學討論起來……。

「那種花就叫木玫瑰啊！以前我還以為它是黃色的牽牛花呢！」直爽的小豪哥指著書上的木玫瑰，說出自己發生過的糗事。

「在我外婆家的門口也有紫葳花哦！以前我不知道它的名字，一直叫它鈴鐺花，因為它長得太像鈴鐺了……」想像力豐富的甜甜也害羞的提出她的生活經驗和大家分享。

看著孩子們一邊看著書，一邊熱烈的討論著各種蔓藤花卉，這堂課的收穫真是太豐富了，孩子們在這裡接觸到各種蔓藤花卉的資料，許多生活中不知名的陌生植物，一下子變成「熟朋友」了，還在書中認出了從來不知道名字的「老朋友」呢！也許某一天，在樹林郊外、山邊田野會出現我們班上的孩子，大聲高喊出這些植物的名字，像個小博士般急急的向同伴、家人介紹這些親切可愛的花名由來。這幅可愛的景象，才剛剛在心底浮現，想不到，才過一個週末假期，小奇的媽媽就高興的在電話中說：「老師，我們家寶貝好厲害呀！昨天我們全家一起去爬山，他一直注意路旁的野生植物，還有模有樣的研究半天，然後胸有成竹的教著我們，這是蒜香藤、那是九重葛的，讓我們不禁要豎起大姆指，對他另眼相看了。」

在這偶然的一堂課之後，我們班上常常舉辦讀書會，讓我們接觸許多《中華兒童叢書》中，文學、科學、健康、藝術四大類的套書，無形中，養成了班上孩子們的讀書風氣，現在他們閱讀的範圍更廣了，不論是文學故事、自然科學、還是好看的童話小品、鄉土傳奇，總是能引起孩子們閱讀的興趣，班上的孩子們特別偏愛《中華兒童叢書》，不只喜愛那種全班一起看著同一套書的感覺，更因為書中內容深深吸引著他們，漸漸的，書本中的知識內涵使他們在日常生活行為中，有了顯著的改變；午餐盛湯時，有他們最愛吃的丸子，看到有人盛了滿滿一碗，孩子們會說：「你不可以那麼貪心啦！你忘了《流浪漢的故事》中的阿智就是太貪心了，同時想要擁有星星、月亮、太陽，最後才被天神變成流浪漢的……」；寫作文時，他們也學會把平時所看到的、累積在心中的文學知識用上，又是成語，又是故事的，連童詩、歷史都會在文章中出現，看的書多了，寫的文章也更有內容了，這些孩子們的作文能力進步的真快。

往外看看走廊的花台，含苞待放的小喇叭，精神抖擻的緣上竹竿，纏繞攀爬，綠葉叢中帶著淡淡的紫，淺淺的白，這株銳葉牽牛花是班上孩子在野外發現帶回來種的；一旁是遍地滋長的南美澎淇菊，健康的深綠中，點綴著一點一點的黃色小花，亮眼極了；再過去是有趣的含羞草，也在此時開出粉粉的小紅花，團團綻放，孩子們告訴我，「南美澎淇菊和含羞草最喜歡潮溼的環境了，所以要放在陰涼的地方，還要澆多一點水。」從山上外公家帶來這盆含羞草的小文也說：「老師，你知道嗎？含羞草的花很漂亮哦！有紫色、紅色的，還有粉紅色的花，你只要一碰它的葉子，水份就會流失，所以含羞草會害羞的低下頭，把葉子合起來，它有很多名字，有害羞草、見笑草。」看著他們細心而專業的照顧花台上同學們帶來的各種植物，連我都打從心裡佩服他們了，最欣喜的是心中那份的深深感動，久久無法忘懷。

校園之寶
——《中華兒童叢書》推廣閱讀緣起

王淑芬

繪本牽緣

兩年前，在學校擔任學年主任。

一個機緣，參加了由趙鏡中教授、吳敏而教授、陳鴻銘教授所主持的讀書會後，一心希望推動學生的閱讀風氣，便提出「買一本書，可以享受看二十一本書」的閱讀活動構思，經過意見溝通、調查統計後，這個夢想總算得以付諸行動，每個星期孩子們因為有一本精緻、特別的繪本可看雀躍不已。

本活動在實施前已經先排妥輪閱表，並由各班老師設計學習單，提供其他老師參閱使用。在指導學生共讀繪本後，可依各班需求，選擇適用的學習單做深入導讀。另外，每個月還會根據共讀情況，以書面通訊的方式和家長分享心得活動。活動結束之後，有些家長非常樂意將書捐贈給學校，有些老師說：「那種輪著看書的感覺真好。」在圖書室裡遇見曾經參與輪閱活動的學生，好幾次有人告訴我：「王老師，圖書室裡面有我們以前二年級看的書哦！我每次上閱讀課都會去拿來看。」聽了這番話，我知道書本對他們而言不再只是書本，而是有感情的好朋友。……雖然這個活動讓親師生三面的都有意猶未盡的感覺，但是基於繪本價格較貴，本活動隨著學年度的結束只好暫時落幕。

沈寂反思

去年一整年，腦海子一直反覆回味著繪本輪閱的甜美滋味，深知這個活動是值得推行的，但是「有錢買書」是一個待突破的關鍵，在經濟越來越不景氣的情況下，是否有其他替代辦法可以讓這個活動推行下去，讓孩子們能在課堂中享受老師指導閱讀技巧的喜悅？讓師生可以有共讀同一本書的機會？讓進入安平國小的孩子能夠從一年級開始就很有系統的共讀某些書籍？

續曲奇緣

今年，我擔任學校的國語文領域召集人。

繪本輪閱的模式仍一直在我腦海中不斷的盤旋……。

偶然的機會，在學校圖書室看書時，發現在一個不起眼的書櫃裡放了數量不少的《中華兒童叢書》，未經編號，借閱率低，但是內容豐富，插畫精美，足以媲美繪本。……我的內心低語：「就是它，就是它，它足以取代繪本的魅力。」

這些庫存在學校裡的《中華兒童叢書》雖然不多（因為學校剛成立第六年之故），但是有些書的數量足夠提供全班小朋友一起閱讀。有了繪本輪閱的經驗，決定將這些書先整理過：登記書目、清查數量、分年級、類別放置，然後調查本學年老師閱讀意見，接著便排定輪流表做「實驗性質」的《中華兒童叢書》試閱活動。

在其他學年裡，也找了幾位較熱衷於教學研究的語文領域伙伴，與他們分享《中華兒童叢書》共讀活動的可行性，讓他們也可以試著在班級裡實施相關的閱讀活動。

處處驚喜

原以為孩子會對這些書抱以不願多看的態度，因為它們畢竟沒有繪本那般吸引人的外表，但嘗試閱讀第一本書後，這個想法被推翻了，孩子們非常喜歡書中的故事、文句、圖畫，更喜歡一起朗讀，分享書中的問題，發表自己的意見。當第二本、第三本書依排定表的時間分別送達教室時，不經意的聽到他們發出了喜悅的歡呼：「哇！又有書可以看了。」我因此深信《中華兒童叢書》果然有著它特有的魅力與魔力，雖然輕薄，卻有生動豐富的內容；雖然短小，卻有精彩動人的插畫。

在我的班上原本只是設定和孩子進行問題討論和共讀的活動，後來嘗試給孩子一些時間先自由閱讀，並提供白紙讓他們自由記錄，二、三天之後，再進行討論的工作。這麼一試，在

第一次白紙回收之後，成果著實讓我驚訝：有的人模仿書裡的圖畫畫得維妙維肖，有的人自己設計格式記錄美詞佳句，有的人會創作不同的文句和內容……，總之，包羅萬象，內容奇特，不管是創作也好，抄寫也罷，我可以感受到孩子拿到書以後的喜悅和沈靜，看著他們專注翻書記錄的模樣，將是一種最美的回憶和最溫馨的感受，時間彷彿在閱讀之中凝結了……。

訪問其他學年老師進行共讀的成果，有人提及：他們把書本內容設計成生活上的闖關活動，讓孩子有實做的機會；有些老師說他要指導孩子做文章的架構樹……，彷彿在戰時聽到「各地傳來捷報」一樣，心中感動無法言喻。

資源共享

明年，我確定我還會是一個體力充沛、頭腦靈光的老師。尤其是在推行閱讀活動方面。

我決定除了我們學年和幾位老師使用《中華兒童叢書》以外，其他學年也能一起使用這份豐富的寶藏，希望全校老師能將這些圖書室裡庫存的叢書發揮最大的效用，引導孩子走進閱讀的殿堂，啟發他們閱讀的興趣。

六月份，學校將讓語文領域的伙伴承辦一項校內研習，我心已有定案，決定把《中華兒童叢書》的實驗成果及「繪本輪閱」的模式與同仁分享，期盼大家一起經營這塊閱讀的彩色園地。

在新的學年度裡，決定找尋一些同心的伙伴共同製作各學年的閱讀指導手冊，作為本校閱讀方面的共用書籍，其中《中華兒童叢書》的深入導讀也是編寫內容之一。將部分數量充裕，方便老師指導全班共讀的叢書拿來當作深度閱讀的教材，邀集學校老師按照年級分別設計相關的學習單，搭配其他閱讀常識或技巧，編寫各學年的閱讀手冊，落實本校的閱讀活動。讓老師和孩子感受到共同讀書的樂趣，共同探索《中華兒童叢書》裡尚未發掘的秘密，留下閱讀的美好回憶，進而在潛移默化中累積深厚的閱讀實力。

《蔡家老屋》與我

歐嬌慧

月黑風高的晚上，有一群孩子正躡手躡腳想要進行一場心驚膽跳的冒險，傳說中蔡家的那棟老屋子鬼影幢幢呢！三十年來，《蔡家老屋》猶如一顆文學的種子，靜靜在我心中發芽。

五十年代的台灣經濟尚待起飛，童年回憶中物質生活不豐，父親只是一名工廠的領班，母親則是勤儉持家的家庭主婦，中日父母忙於生計，根本無暇管我們，每天我們就像大自然的野孩子，爬樹抓蟲和辦家家酒，凡是自大自然取材，不費半點兒花費的小手藝，全成了我們每天玩不膩的玩伴。到學校只要認真聽講，就能考好，純真的心靈中無法分擔爸媽生活的重擔，當然連什麼叫「兒童讀物v也沒有聽過，當然更沒有餘錢添購了。

那時堂嫂在當地的一所國小任教，在當時能成為教師或是公務人員，一般人的心目中，都是經濟收入較為穩定的。有回我到她家做客，年僅小學二年級的我，看到書架上的《中華兒童叢書》，我取下《蔡家老屋》獨自坐在地板上翻了起來，故事情節很簡單，說穿了是抓住孩子喜歡冒險的本性，一聽到「鬼屋」，連閉上眼睛都可以感受到那股「鬼影幢幢」的陰森氣氛，薄薄的幾頁，故事卻是張力十足，事隔三十年，至今我都還可以清楚說出那一群冒險孩子的話語。

是《蔡家老屋》悄悄在我心中撒下一顆文學的神奇魔豆吧！之後我時常徒步走上一公里的路程，到鎮上堂嫂家看書，另外一本《琪琪的房間》，是敘述小女孩不愛整理家裡，玩具、衣服堆得滿屋子都是，或許是豐富的色彩，也許是補償心理，家徒四壁的家中，哪來收拾不完的玩具和漂亮的衣服呢？書櫃和書是堂嫂家最吸引我的東西，那時閱讀了《中華兒童叢書》，我那渾沌的心靈在霎那撒下文學的小小種子，書中的情節至今教我著迷，看到書中彩色的插圖、有趣的故事情節，都開啟了我想像的潛能。

文學的因緣是一顆深埋在泥土中的種子，只要假以時日，必然是靜靜伸出綠色的枝芽，後來我們搬了家，原因是升上國中的大哥必須通車上學，但在鄉間姍姍來遲，難以掌控時間的客運車班次，常常害得爸爸趕忙騎上老爺車，猛踩油門，把大哥送往五公里外的國中。

搬家是我人生第一個轉捩點，爸爸是高雄煉油廠的技術人員，當時員工的子弟可以優先就讀油廠小學，爸爸咬緊牙根湊錢買了一棟坪數不大的小樓房，家中的經濟仍不見起色，爸爸常年在烈陽下曝曬導致的黝黑皮膚，加上太多生活重擔以致眉頭深鎖，嚴肅的爸爸甚少露出笑容，不識字媽媽秉持傳統農家婦女「凡事靠一雙手」本領，養雞種菜樣樣都來，大概是因為她的不識字，深受文盲之苦，自小學開始，凡是我們提出購買文具、書籍，媽媽不曾過問，只要忙完家裡的事，她也都鼓勵我去圖書館看免費的書，大概她深信「愛看書的孩子不會變壞吧」！

國中時我很幸運，在團體活動課碰到一位博學多聞的女老師，上課教材是選定新文藝時期的多位作家及作品，經由這位老師的播種，我認識了琦君、羅蘭、鄭愁予，當老師輕啟朱唇，唸著鄭愁予的作品「我達達的馬蹄，是個美麗的錯誤」，年少輕狂的我，只覺得文學作品是文字與想像的饗宴。

再與《中華兒童叢書》結緣，我已是一位老師新鮮人，教學過程中，《中華兒童叢書》一直是我的得力助手，它聘請妙筆生花的兒童文學作家，為不同年齡的孩子量身打造適合她們的讀物，補充學校教育的不足，其中二年我擔任「專任圖書教師」，圖書室限於經濟考量，無法一次採購多本兒童讀物，配發的兒童讀物成了最佳選擇，運用不同題材的圖書，教小朋友如何做筆記、摘錄重點及不同文體的認識，在圖書和小朋友之間，搭起一座無障礙的橋樑。

也因為深得童趣的薰陶，我重拾一支禿筆寫作，常在夜深人靜時，捕捉在腦海中所留下的乍現靈光，想想這些都是童年時受《中華兒童叢書》的啟蒙，進而領略文學雋永的樂趣，某日讀林海音女士傳記《從城南走來》，赫然發現原來她就是《蔡家老屋》的作者，跨越時空讀者和作者心靈共鳴，海音女士該意想不到，一本小書竟然影響我的一輩子吧！

學校圖書館的一隅還是有許多早期的《中華兒童叢書》，看著她有點破舊的外表，我就會想起自己成長的故事，她真的有許多豐富的內涵，放眼現今的出版社，已漸漸重視到兒童文學這片荒地，大量開放國外進口的精美繪本，許多老師也逐漸在課程上，加入兒童文學純真、淺語的元素，望著孩子陶醉其中的神情，我不免想起近三十年前，我與《蔡家老屋》初遇的那股甜蜜與驚喜。

遇見老朋友

陳靜婷

曾何幾時，一段與書結緣的童年，小時候的夢、小時候的歡樂，被躲在教室一隅的「老朋友」，輕輕招喚出歲月的精靈，和回憶一起婆娑共舞……。「嗨！老朋友！」我在心裡輕快的打聲招呼！隨著歲月精靈的魔法，躲在教室一角的小小女孩兒悄悄現身。

「快點！老師要我們集合！」理平頭的班長小豐高聲催促著，教室裡零零落落的同學，紛紛放下手中正在玩耍的小玩意，匆匆忙忙趕到教室外集合。小小女孩依依不捨，才放下心愛的沙包遊戲，就想著何時才能回來。心，遺落一半在教室裡神遊。

老師興奮的帶著大家穿過炙熱的操場，繞過另一排教室，來到後面的羊腸小徑。兩旁種滿了矮矮的茉莉花叢，青綠色的枝椏，正散發出誘人的「青香」，卻遍尋不著依傍在枝枝葉葉間，小小白色身影所散發的「清香」。一年級的小女孩，大字不認得多少，卻總是迷戀這些花花草草；想湊近聞聞，卻礙於背後其他女孩的催促，貪婪的多瞧了幾眼，往前走。心，又落下了四分之一。

到底要去那兒？剩下的那顆四分之一心，最終還是如貪心的蜜蜂一般，這兒嗅一下、那兒停一下，沒一刻歇息過！

「到了！」老師一聲令下，大家歪歪扭扭的維持著隊伍。眼前是一棟遺世獨立的平房，低矮的屋簷，灰色的粉刷牆，像家的熟悉感覺。老師先走進屋內，和另一位陌生的阿姨說了幾句話，就笑咪咪的帶領我們走進木門內。門內沒有桌椅、沒有黑板，只有一架架高高的、彷彿愛和屋簷聊天的巨人，肚子裡塞得滿滿的書。小小女孩看得目瞪口呆，差點忘了怎麼呼吸。「怎麼會有這麼多的書呀！」很久以後，小小女孩才明瞭，這個地方是書的家。

老師說：「這裡是學校的圖書館，是學校裡書最多的地方。以後，我們就可以全班到這兒來借書。」說著說著，迎面走來的阿姨，抱來一個大紙箱，把一些書全倒進了紙箱中。小小女孩磨蹭著，她掂掂腳、拉長脖子，仍然瞧不出什麼名堂，於是她選擇繼續漫不經心，只想趕快和失落的心會合。老師分派搬書工作給一群自告奮勇的男生，在前頭指揮著。女孩們一個個緊緊跟隨在後，像一隻隻生嫩的小雞，對世界好奇，卻又不敢離開母雞半步。小小女孩和小同伴，蹦蹦跳跳的，把自己遠遠拋在後頭。因為，她想和朋友分享剛剛錯過的茉莉花叢。

「咦？」不遠處的地上，躺著一本色彩鮮明的書，和課本完全不一樣的感覺。只見過課本的小小女孩，遲疑的撿拾，拿在手心把玩著。「《汪小小》……？」來不及細看，一股正義之氣便充斥於心：「老師說撿到東西，就得向她報告，這樣別人才不會著急！」於是，顧不得其他，和小同伴追趕起前方的老師。最後，喘吁吁的追進教室，發現每個人的手上都有一本花花綠綠的書。

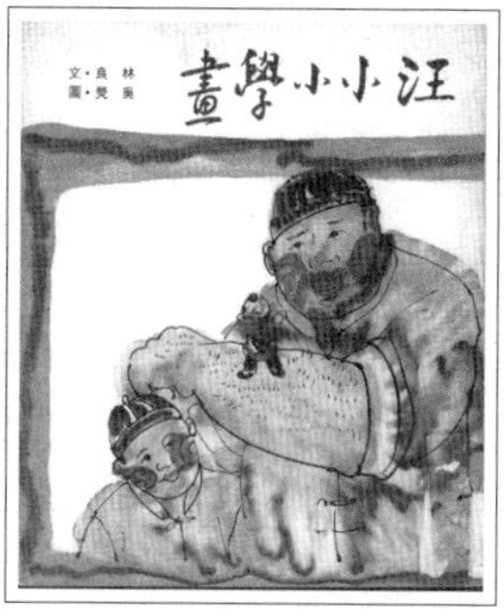

「太好了，老師正煩惱著怎麼會少了一本書！這本書就交給你了！」還來不及選擇，這本「《汪小小》……？」就成了小小女孩的第一本書。她覺得是書選了她；能得到一本會選主人的書，感到很高興！她仔細看了看封面，再摸了摸書的四周，手感到滑滑的；可惜書的臉，卻因為剛剛的失足而沾上了灰塵。這時候，她已認定《汪小小》是她的新朋友。翻開書，字數不多，圖片佔據了大部份的空間。不看字，光看書中的畫，也能明瞭故事的意思。小小女孩在心裡編織起一段段的故事：汪小小背著書包，走進教室，要上學了！汪小小和朋友一起玩！汪小小在樹下玩遊戲！汪小小哭了，想媽媽！汪小小回家，看見媽媽笑了！

「怎麼這個汪小小和我一樣要上學？好好玩呀！」

下課鐘響了！小小女孩捧著書，瞧都不瞧桌上的五色沙包；上課鐘響了，小小女孩依舊埋首於書中，直到老師在身旁輕聲的提醒，她才藏寶似的，小心安置著書。小小女孩的心，整個沉醉在書裡；她喜歡「汪小小」，還有她的書朋友……。

心，再也不易遺落了！

許久許久之後，小小女孩成了大女孩，又成了引領學生進入書中世界的老師。雖然忘了故事書中的內容，但是對於第一位書中密友「汪小小」，卻不曾忘記。她也記不清楚了，在小學生涯中，到底接觸過多少次「汪小小」？看了多少本的《中華兒童叢書》？真是數也數不清了。

如今，教室一隅還藏著「老朋友」，當初雀躍的心，又再度相遇；能捨得錯過嗎？能捨得孩子們錯過？將「汪小小」的故事告訴他們吧！再次碰觸記憶中最鮮明的感動：如壓花，乾了、扁了，卻保持優美的花形；再次不經意的觸碰，才驚覺到花的色、香、味，已緊緊的嵌在心上，直到最後一刻！

聽了故事，孩子們笑了！直覺的問起：誰是「汪小小」？誰是小小女孩？我不再多說，發下站立教室一隅許久的書，每人一本，讓孩子自己去體會吧！我也曾用心尋找記憶中的「汪小小」，卻痛心在百年的學校裡，這些寶貝書也早已遭受到好幾次的輪迴而失去蹤影。找不回的書，卻無損它的美麗；我打算帶著孩子們到圖書館去探險。也許，下一個感動就躲藏在孩子群中。

下課鐘響了！孩子三三兩的離去。我看見當初的小小女孩，也躲在教室裡頭，正捨不得離去呢！

它不厚，它是我的最愛

姜聰味

結緣，在抱來抱去的孩提時

念小學的時候，看最多的故事書是《中華兒童叢書》，學校的圖書室裡典藏最多的也是《中華兒童叢書》。小學時代，老師要我們安靜的法寶就是叫學藝股長到圖書室去抱《中華兒童叢書》回來給大家看。四年級那一年，我當了將近一年的學藝股長，那段時間，來來回回不知道抱了多少趟《中華兒童叢書》，對它滑滑的封面，有一點發霉的味道，熟悉得不得了，我跟《中華兒童叢書》也就在那時結下了緣。

當時班上有三十三個人，我每次都必須去挑四十本書，《中華兒童叢書》後面有編號、類別和建議閱讀的年級，那是我挑書的依據，我每次去搬書都會先過濾一下，自然科學、社會、文學、詩歌……各挑一些，希望同學不要「偏食」。抱回教室之後，一人發一本，先看完的可以再挑一本，可是有些人看書看很快，一直跑來換書，很討厭！為了確認同學是不是真的看完書，我會翻到最後面的「想一想」，問他幾個問題，就知道他是否真的看完了，我當時就覺得《中華兒童叢書》在每一本書後面都附問答題的作法很聰明。可是，「道高一尺，魔高一丈」，投機取巧的同學後來一拿到書就翻到後面把答案找出來，就跑來找我換書，害我一整堂課連一本書都沒辦法好好看完，真氣人！

不過愛看書的人總會找到空檔的，在圖書室挑書的時候，我已經翻了好多本書，早就知道哪一本書大概在寫什麼，從圖書室走到教室的路上，我又邊走邊看，有時還會不小心撞到柱子，把滿懷的書散落一地。下課時，抱書回圖書室時也忍不住翻看。有一天下午第二堂下課後，把書插回書架，我還捨不得離開，坐在書架旁，我抽出一本又一本的《中華兒童叢書》來

看，看到第三堂上課的鐘響沒聽到，打掃的鐘聲也沒聽到，放學前全校幾乎總動員，因為我。

由於我們學校的圖書室是無人管理的狀態，所以各班學藝可以自由借還書。那天我還完書之後，照樣想多享受一下閱讀的樂趣。夏日的午後，涼風徐徐，我窩在書架和書架間，手捧著一本《蔡家老屋》，看著看著竟然睡著了！老師透過廣播呼叫我，我沒聽見；全校一百多個小朋友總動員，大家到處找我，甚至連廁所、垃圾堆都翻遍了，我仍不知情；直到工友伯伯到圖書室關門窗時，才發現我在圖書室裡睡著了，他把我搖醒，叫我趕快回教室，老師問明緣由之後，真是又好氣又好笑，為了懲逞我，他當場宣佈學藝換人做！

儘管我一再道歉，苦苦哀求，老師還是不通融，不過，學藝股長換人當之後，我反而落得清閒，一堂自習課，我可以看五、六本書，有的書我已經看過，但學藝再發給我，我也不拒絕，重複的看了又看，像《汪小小養鴨子》、《梅村的老公公》、《小寶寄信》……我都能倒背如流了，以至於後來我教書之後從圖書館的書架上看到這些書時，彷彿見到闊別多年的老朋友一般，好熟悉！好高興！

失落，在尋尋覓覓的年少時

念中學的時候，我曾跑過好幾家書店，想找《中華兒童叢書》，但都落了空，我沒看到它們的身影，當時不知道它的通路，更不知道在台灣書店可以買到，只覺得有點失望，為什麼上了國中就看不到好看的故事書了？找不到想看的書，也沒有人介紹好書給我，我只好跟著學姊去租漫畫，看瓊瑤小說、金庸武俠，以滿足求知的慾望。

你若問我為什麼不去圖書館借呢？當時我根本不知道有公立圖書館，而且也不知道它在那裡，而我們學校才在草創階段，所有的物資都缺乏，圖書也不例外。所以我青澀的年少是在漫畫、小說的陪伴下走過的，我曾想，如果中學校園裡也有「中華青少年叢書」，那青少年內心的浮動和不安是否會減少一點，至少無事可做時，有書可看嘛！

重逢，在教學相長的為人師表時

我當上作文老師之後，我常用《中華兒童叢書》引導學生寫作文，它小巧精緻，學生一堂課一定可以看完一本，看完之後我們討論內容，分享心得，進而寫作。

看完《爸爸的十六封信》之後，我問學生爸爸有沒有寫過信給他？幾乎沒有，好羨慕櫻櫻有個會寫信的爸爸。我又問：書中的哪一篇你印象最深？最後，我請學生寫一封信給林良爺爺分享自己的心得，我記得當時林良爺爺還回了張卡片給小作家，令他們高興得不得了。看完《燈》，我們了解了各種燈，也知道什麼是〈棋盤法〉、〈畫龍點睛法〉，我請學生仿作一篇《燈》，有名家的示範在先，小朋友創作起來，果然不敢馬虎。朗讀、賞析蓉子的《童話城》，雖然作者創作的年代已經久遠，但帶給人的感動依然深刻，最後學生們也創作了一本屬於自己的詩畫集。

這些年來，陸陸續續出版的《中華兒童叢書》，印刷更精美，故事也更具有現代感，我陪著學生一起閱讀、欣賞，也為他們設計相關的閱讀活動，我覺得每一本《中華兒童叢書》都是很好的輔助教材，它不厚，內容卻很實在；價格也不貴，同一本書，學校一次購買二、三十本，在推動閱讀、寫作上，是一大好幫手！

後來聽說「台灣省政府」要走入歷史，《中華兒童叢書》也不再出版了，我覺得難過，也覺得可惜。書展時，《中華兒童叢書》平裝以一本三十元，精裝以一本五十元出售，我一口氣買了五十本書，熟悉的書皮，熟悉的味道，我彷彿回到童年，抱著沉甸甸的知識之外，這回更多了對於《中華兒童叢書》的不捨與懷念。

一本小書

鄭宗弦

一本小書能提供多少資訊？一本小書能帶來什麼啟示？

假日漫步街頭，琳瑯滿目的商品嬌姿向來客招手，然而最吸引我目光的不是名牌服飾，不是酷炫手機，更不是新潮電器，而是貨架上，人類擷取大自然精華粹鍊而成，千百年來傳承不輟的工藝品——瓷器。

不論是景德鎮傳統的杯碗瓢盆，日本有田燒充滿天然情趣的茶壺杯組，或是鶯歌新創滿地開花的結晶釉，和濃豔尊貴不可逼視的金釉天球瓶，瓷器的光澤融合了寶石的璀璨、美玉的溫潤和冰晶的冷透，總教我目不轉睛，愛不釋手。

朋友曾笑我，一個大男生喜歡流連食器茶具，標準巨蟹座嗜好收藏，還奔相走告，驗證星座命理入人之深。殊不知，若

非國小時閱讀了《中華兒童叢書》編輯的一本小書，恐怕我只會將這些多采多姿的精品視為平凡之物，不會多瞧一眼。

記得那是國小六年級時，學校配發了一套《中華兒童叢書》，老師利用課堂分發每人一本，隨機閱讀。我分配到的便是那一本薄薄的小書《認識瓷器》。

那一本書大約只有七十頁，故事一開始描寫一位小朋友在父親的介紹下，認識了家常使用的瓷器：碗、盤、匙、勺，引發他對瓷器的興趣。父親進一步帶領他參觀台北外雙溪的故宮博物院，欣賞歷代瓷器精品。書中文字淺顯，以對話推動情節，一步步引領讀者邁入瓷器精緻的世界。

青瓷高雅，三彩華燦，鬥彩濃翠，粉彩嬌柔，青花明澈透瑩宛如藍寶，油滴天目烏金閃爍似神秘星空，尚有那無法預測，任礦物與火舌自由飛舞，充滿驚奇異化的窯變。

唐三彩色澤流動，渾然天成，敷在駱駝與胡人身上，充滿異國情調。宋瓷精麗高雅，造型婉約，胎土厚重，釉料各具特色，臻於工藝之顛。元明青花如藍天白雲，麗日浩蕩，描繪繁複，疏密有致，自成一格。清瓷引進外國釉色，琺瑯彩、粉彩調繪出立體豔麗的寫實圖案，宛如百花爭豔，萬紫千紅。歷代工匠承傳先人遺教，又各有創新突破，匯聚成舉世無雙的偉大工藝史，無怪乎外國人以瓷器的名稱「China」為中國之名了。

印象深刻的是一個雞鳴壺，雖然沒有出色的外表，卻暗藏玄機。壺身頂有一隻小公雞，傾身倒酒時，酒汁涓涓流出，待回身挺立時，由於壺內氣流的作用，小公雞會「咕——」一聲高啼，為歡聚的酒宴帶來喜氣。查其究竟，原來小公雞的嘴裡設計了一個類似笛子的簧片，真叫人嘆服。

此外，瓷器也是個模仿高手，工匠們費盡心思，將胎土雕修，敷上適當的釉料，一個個造型精巧的器物就出現了：竹編的籃子、剔紅的漆盤、鏽蝕的銅鼎、木雕的筆筒……仔細分辨，其實都是瓷器假扮的，真是有趣極了。

久居鄉村的孩童如我，首次見識清宮帝王的奢華之美，驚嘆人類智慧超絕，將一塊毫不起眼的泥土幻化成五顏六色、造型用途多樣的器物。心中感受猶如劉姥姥逛大觀園，大呼不可思議。看似不起眼的釉藥竟比我的水彩蠟筆神奇，在我眼前塗滿千萬光澤的色彩，也在我心中播下一顆種子，一顆渴求以「美」來灌溉滋養的種子。

讀完這本書之後，我回家將每日使用的瓷碗捧在掌心把玩，又翻箱倒櫃，找出許多宴客時才會亮相的大盤和碗公。橢圓形的大瓷盤上畫有一條煮熟的大紅蝦，籃球般大小的碗公外有一隻彎腰啄米的大公雞，那些圖案只用毛筆寫意的寥寥勾勒幾筆，然而俐落的線條與生動的姿態已躍然呈現，雖比不上宮廷精品繁複華貴，卻滿溢樸拙之美。我坐擁傳家寶物，雖是敝帚自珍，附庸風雅，但小小的心靈裡，喜悅滿足絲毫不亞於康熙、乾隆。

從此，上蒼為我開啟了一條賞悅之路。欣賞各色瓷器成了休閒的一部份，甚且在茶藝盛行時期，陸續蒐購了上百個瓷壺、瓷杯。即使在學生時代頻頻因租屋而搬家，扛著沈重的瓷器行李，烈日之下揮汗穿梭街道，上下樓梯，亦甘之如飴。閒暇時，舉杯把展，手撫溫潤的瓷杯，想像自己也是墨客騷人，詩意滿懷，勞頓全消。

高級的瓷器總是價值不斐，雖然買不起，但是駐足前頭，細細欣賞，一樣賞心悅目。於是，逛百貨公司的瓷器專區，逛鶯歌的陶瓷街，總是流連忘返，驚嘆連連。

一本薄薄的小書使我體會到「生活即藝術，藝術即生活」的道理。回顧中學時喜好繪畫、茶藝，大學時熱衷民俗藝術，即至後來邁入兒童文學創作之路，原來各類藝術文化相生相衍，環環相扣，皆有脈絡可循。

一本小書簡短的介紹了千年的文化，卻指引出一條藝術的道路。試想，天地間萬言鉅著多如牛毛，多少能與之相提並論？

啊！一本小書，誰容小覷？

向大自然學習

李美瑰

文　徐仁修

（配《走入自然》書影）

攝影　徐仁修

頁數　七十八頁

開本　二十開本

插圖　彩色　四十九頁

出版日期　八十年四月三十日

童年的我，幸運的誕生在台東大武山下的小村落，在那裡，天寬地闊，無拘無束地成長，對天地，對大自然，有著一份難以言喻的情感。長大以後，在偏遠的山區從事教職的工作，假日有機會和一群活蹦亂跳的孩子一起上山，總會發現：部分原住民孩子雖然在課業表現上不能盡如人意，但是一到了山上，他們就像是我的老師，處處教導我，什麼植物不要碰觸，哪裡有動物的足跡、氣味，看著孩子們來到山上，彷彿回到母親溫暖的懷抱一樣，熟悉而自在，靈活的身影，快樂的笑語，有如自然之子般。在他們身上，依悉看到了童年的我。只是，這一種在大自然中的生活本能，在現今e世代的孩子身上，似乎愈來愈難找到了。

很高興發現了這麼一本精采的《中華兒童叢書》——《走入自然》，作者徐仁修是國內非常著名的生態保育工作者，經常可以在報章雜誌上閱讀到他所撰寫有關自然保育的文章。作者以主要讀者群——兒童為本位，以淺顯易懂的文字，深入淺出的敘述方式，加上巧妙生動的譬喻，精采圖片的對照呈現，介紹和大自然和諧共處的方法，引導孩子們逐步快樂地走入自然，接受大自然的洗禮。

「現在我來教導各位小朋友自我訓練，恢復大家在大自然裡的各種能力，接近自然，走入自然，了解自然，並且在大自然裡來去自如。」作者首先提醒小讀者善用我們與生俱來的本能，也就是身上的五種感覺器官，用「火眼金睛」仔細去觀察，學習當「順風耳」與「好鼻師」，適時適度地嘗試「酸甜苦辣鹹」滋味，也學著用身體去觸摸、去感受，最後加上用心體會與領悟，累積經驗與智慧，就可以成功地向大自然跨進一大步。作者在行文中不時現身說法，或以說故事趣味化的方式舉例說明，使文字更顯得簡潔流暢，不會流於枯燥乏味。

除了善加運用身體感官外，走向自然、觀察自然不可或缺的隨身攜帶工具，也是本書強調的重要內容。作者以圖片和文字配合，對照說明各項工具的用途與使用方法，也讓讀者留下深刻的印象。大自然是個處處充滿生機，同時具有挑戰性的地方，作者教導大家認識常見的危險的動物和植物，如毒蛇、虎頭蜂、蜈蚣、咬人貓等，如果不小心遇到，自己應該如何簡易地處理，防範以及自救的方法，也是作者在書中要告訴讀者的重要資訊。走進大自然廣闊的天地裡，若遭遇了突發狀況，不小心迷失了方向，這時，就必須想起：野外求生的最高原則──「鎮定」，避免一時心慌，無法作出正確的思考與判斷。作者在文中詳細說明了如何作記號與訓練自我追蹤的能力，哪裡可以尋求水源，以及哪些是可以善加利用的可食野生食物。透過閱讀本書，我才發現：原來路邊的野花野菜如馬齒莧（俗稱豬母乳），也可以成為野外求生救急的野菜。

「現在的小朋友，眼睛大部分使用在注視黑板、書籍、電視，對於其他的東西因為不注意，也就變成看不見了。葉片轉黃落下來了，許多人視而不見，落葉變成掃地時討厭的垃圾，沒有人從落葉看出氣候的轉變，沒有人從葉片掉落地上分布的情形，看出昨夜風的方向和強弱。」書中這一段話尤其令我印象深刻，看似簡單的敘述，其實蘊含著深刻的哲理。的確，現代人愈來愈依賴科技文明，不斷追求外在物質化的生活方式，許許多多生活週遭的細微事物往往「視而不見，聽而不聞」，在「忙與盲」的世界裡迷失了純真的心靈，缺少了讓自己深刻感動與體悟的機會，也喪失造物者賦予我們的生命智慧與本能。如果我們都能意識到：大自然是萬物孳生之母，孕育著不可勝數的動植物，也存在著生生不息的力量；一個人生存在天地間，悠悠數十寒暑，是不是可以試著從自然界的萬事萬物中，學習無私無我，兼容並蓄的生命力與謙卑包容的人生智慧。讓孩子從小時候開始，引領他們樂意走進自然，接觸自然，激發他們生命的潛能，誰說e世代的青少年永遠是沉迷於網咖電動的一群呢？

本書不僅是一本實用的工具書，也是一本小而美的生態圖鑑，不僅適合兒童讀者，也可以是成人反璞歸真，重返自然的入門書。透過閱讀本書，增加了對大自然的了解與認識，配合實地的觀察與體驗，累積對大自然的智慧與經驗。更重要的是，我們都應該以一顆謙卑、尊重、學習的心，雲遊於大自然中，也許更可以領略人生另一番滋味。

無憂的閱讀幸福時光

林佑儒

追溯閱讀記憶的時光的源頭，《中華兒童叢書》是我開始閱讀的美好起點。記得進入小學不久，就注意到老師身後的書櫃有一排五顏六色的書。

「這裡有很多很好看的書，想看書的小朋友，可以來老師這裡借書。」老師的這一句話，帶我進入閱讀的開始。常常站在書櫃前的我，心情興奮地像站在糖果店前，好看的書一本本任我挑。

一開始，我喜歡挑插畫鮮豔的書看，隨著識字能力的增長，吸引我的除了插圖，還有敘述故事的文字。能夠大聲朗讀書中的文字，讓我覺得既有趣又有成就感。更讓我驚訝的是，只要一打開書閱讀，就能讓我一頭栽進書中故事的精彩歷程

裡。一直到現在，還記得翻開書頁的期待與欣喜的感覺。讀《顛倒歌》時，其中逗趣的詩歌讓我樂不可支，我喜歡一篇一篇大聲地讀給媽媽聽。看《冬天裡的百靈鳥》的時候，百靈鳥變成金色羽毛的美麗，讓我的視線流連在書頁之間，久久不能離開。當百靈鳥把羽毛分送給其他人，自己因為沒有羽毛取暖，躲在草堆裡，我清楚記得自己為了百靈鳥著急的心情，像是擔心自己的朋友一樣。讀《小琪的房間》，讓我很羨慕小琪和珍珠的友誼，當我第一次擁有自己的房間時，還特別把房間打掃得整潔乾淨，邀請我的好朋友來參觀。

印象中最愛的故事是《小紅和小綠》，小女孩小紅在山上認識了一個好朋友小綠，沒想到小綠居然是株千年人蔘娃娃。後來小綠不幸被小紅的爸爸設陷阱挖走了，但是他們一起埋下的髮帶，小綠的髮帶長成了人蔘，小紅吃了果子之後，身體健康長壽，直到小紅年老時，還常常懷念小綠。我沈醉於小綠與小紅奇妙的結識經歷，也氣憤小紅的爸爸為了利益陷害小綠，整個故事迷離神秘，與充滿友誼的情節讓我印象深刻。有趣的是，長大後與朋友偶然聊至對《中華兒童叢書》的共同記憶，當我從記憶裡找出對這本書喜愛，總會引起一些人的驚呼與熱烈討論，原來有那麼多人和我一樣，為這本書著迷過，沒想到《中華兒童叢書》除了在我的童年的閱讀記憶發光發熱，也豐富了這麼多人的童年記憶。

記得後來，學校成立了一個小小的圖書室，裡面有更多的《中華兒童叢書》。圖書室成了我下課最愛去的地方，常常挑了一本書，坐下來讀著讀著，就忘了上課時間。有一回，我窩在一個隱蔽的角落，一本一本接著讀，一直到突然驚覺四周安靜沒有聲響，坐在書堆裡的我，才發現所有的門窗都關起來，管理圖書館的老師沒發現我躲在角落看書，我居然被鎖在圖書館裡面了！還好，可以打開窗戶爬出去，我急忙跳出窗戶，才想到剛看的書還沒看完，不斷地在心裡提醒自己，明天還要記得再來看完。

現在回想起來，在那個兒童讀物出版不興盛的年代，爸爸媽媽也無力為我添購多樣的讀物，《中華兒童叢書》給我一個愉快的閱讀起點，那段閱讀的時光也成為閱讀記憶中最快樂的階段。單純地沈浸在書中的世界，沒有任何有壓力的目的，心裡老是惦記著圖書室裡還有好多沒看過的書，那些書裡藏著什麼有趣好玩的故事？有哪些漂亮的圖片或美麗的插圖？

一本書能放在書包裡一讀再讀，無聊的時候讀，難過的時候讀，晚上睡不著的時候讀，讀完了還找弟弟妹妹當聽眾，再把書中的故事說一回，才覺得開心過癮。對我來說，書像是一本可以隨身攜帶的神奇魔毯，只要一攤開，就可以載著我的思緒遨遊四方，冒險犯難。閱讀是快樂的，有趣的，吸引人的！

往後的日子，讀書卻是得時時注意書中的佳句，還得費心地抄下來，甚至得記住、背下來。曾幾何時，讀書不再是毫無負擔的享受，而是壓力與考試的代名詞。

近日在書店偶然間看到《中華兒童叢書》，在童年記憶中，它們曾經那麼閃亮而且富有吸引力，然而此時處於眼前琳瑯滿目的書海之中，它們看起來卻顯得單薄而不起眼。但我還是忍不住從架上抽取，翻閱，於是那一段無憂的閱讀幸福時光記憶，甜美的滋味與快樂的心情，從書頁之間散發，再次提醒我回到閱讀最初的原點——無憂而快樂的閱讀，任思考在書中大千世界遨遊飛翔，自由自在。

賓也醉主也醉僕也醉

黃秋芳

忙碌的朋友每一天都在感慨，怎麼有那麼多不能預想的事情竄出來，讓人忙個不停？好像，只剩下上廁所和睡覺前有時間可以看點書。她嘆了口氣說：「看書時不是臭氣沖天，就是睡眼朦朧，這算什麼生活？真的很想，黃昏時得空坐在躺椅上，看看書、吹吹風，溫一溫落日的熱度。」

黃昏落日，躺椅，看書，吹風，這是多麼簡單的願望呢！日昇日落，風起風息，不是日日重複著的家常生活嗎？阻礙我們和黃昏相約的，到底是這個奔忙的世界，還是我們自己？這世間居然有人的時間如此寶貴，以至於需要付費請別人來替代他嗅聞著玫瑰的芬芳；有這麼多人需要被提醒，花是香的，水是甜的，天空是藍的。生活，怎麼會變成這樣？

害怕我們努力付出的艱辛努力，最後把我們帶到其實並不快樂的繁華世代去。所以，我讓我的孩子們背詩。不是已然形成風潮的讀經班課本，也不是坊間精裝得鮮豔厚重的各式選輯，那些因應出版企劃以及消費策略製造出來的華麗商品，適合展示，卻不是我們手指頭觸摸能夠愛悅難捨的厚度。

每年一開學，我喜歡送所有的學生一本薄薄的《兒童曲選》。方方的開本，雅緻簡單的畫頁，適合放在手上，收進袋子裡，隨身把玩著，像一顆掌中明珠。所有在我們生命中發生過重要作用的書，都應該這樣被我們慎重珍惜。

孩子們不認識選曲註解的作者顏天佑是專研元曲的文學博士，更不認識畫插圖的羅宗濤一路從政大中文系主任做到文理學院院長、教務長，聲名大得很呢！可是，他們喜歡跳動在全書二十四首選曲裡長長短短的字句，喜歡字句中活跳跳的人群，喜歡環繞在這些人群身邊所有他們似懂非懂的道具和場景，乾荷葉，山坡羊，水聲，山色……，這些沒看過、沒聽過的舊日風情，讓他們盡情的「假裝」和「想像」。

我們畫圖，把自己畫進詩裡。演戲，瘦的孩子演「枯藤」，胖的孩子演「老樹」，安靜的孩子演「瘦馬」，頑皮的孩子總是搶著當「昏鴉」，可以在教室裡任性地尖叫，四處飛來飛去。沒有人真的明白「紅塵是非不到我」、「斷腸人在天涯」的現世失落，卻誰都喜歡故作成熟地感慨：「傷心秦漢，生民塗炭，讀書人一聲長嘆！」有時候，他們故意宣告有一個祕密，但又神祕地說：「箇中真樂，莫向人間道。」

喜歡帶孩子們到公園、到水邊、到山裡，聽他們開心的驚呼：「老師，我看到茅屋秋風破。」「來看，這裡三花五蕊！」「哇！那裡都因昨夜一場霜，寂寞在秋江上。」

為低年級的孩子剔掉一些用字艱難的選目，然後讓他們把每一個韻腳圈出來，在想像得到的範圍裡，找出更多相同和不同的韻腳，一組一組，寫在書上，讀詩，背詩，都是因為我們很喜歡，沒有獎品，也沒有任何強迫要求。有時候翻開他們的書，看見他們運用這些韻腳，自己寫上一兩個短句，像：「爺爺老，奶奶好，弟弟年紀小。」「風好涼，太陽和小羊，都在爬圍牆。」

動念教孩子們韻文裡的「對照」和「押韻」，讓他們用笨笨的毛筆字寫春聯。年紀小的孩子寫對聯很生動：「辛辛苦苦上學去，快快樂樂過新年。」「過新年在放鞭炮，說好話又發紅包。」「過了新年長一歲，兄弟姊妹吃年糕。」；慢慢地，年歲的增長記錄在世俗的用字裡：「過新年好運來惡運去，團圓飯喜洋洋真幸福。」「前一年凡事大都如意，這一年更要努力向前。」「年年都在過幸福日子，大家都好像快樂神仙。」；到了高年級的春聯創作，通過美麗的字句，一橫一豎都在宣告，那些天真的童年已然消失，他們開始鋪張著即將席捲而來的愛恨情愁：「水要溶化花朵即將開，陽光普照美麗新春來。」「寒冬過冷風帶愁離去，新年來元寶隨春而來。」「天涯行腳紅塵破名利，功成身退從容慶新年。」

中高年級的孩子喜歡仿作，常常把一整首久久遠遠以前的「古裝曲」打扮成熱熱鬧鬧的「現代劇」。幾乎所有的孩子都喜歡這首無名氏的「村夫飲」（調寄塞鴻秋）：

賓也醉主也醉僕也醉
唱一會舞一會笑一會
管什麼三十歲五十歲八十歲
你也跪他也跪恁也跪
無甚繁弦急管吹
喫到紅輪日西墜
打的那盤也碎碟也碎碗也碎

任何時候教室裡多出一點點餘暇，孩子們打破日常的規範和約束，齊聲背起「賓也醉主也醉僕也醉」，就開始快樂地丟起他們的書包衣服，讓一地亂成「盤也碎碟也碎碗也碎」。坐在這些年輕而甜蜜的「現代村夫」之間，真覺得，幸福觸手可及。

然則，沒有一種幸福，可以永遠。

二〇〇二年教育部長黃榮村以「時代已經改變，沒有存在的意義」為由，裁撤《中華兒童叢書》的編整與出版。一個簡單真摯的童書年代消失了。我們必須封藏這些素樸反覆的閱讀記憶，隨著一地「盤也碎碟也碎碗也碎」的凌亂記號，納入迅速變動的時代軌跡裡，用更高的費用，購買更鮮豔更厚重的商業包裝，曾經「賓也醉主也醉僕也醉」的任性狂歡，印著那些清脆的聲音，幸福的笑臉，以及風吹，躺椅，落日黃昏的夢想……，都將一起走向，不能回頭的俗世奔忙。

還給她一個快樂的童年

——閱讀《二哥，我們回家！》之心得

陳沛慈

「二哥，我們回家！」這是一句再平凡不過的話。但是，當它從一個智障者家屬的嘴裡說出時，其中卻包含著一般人所無法想像的心酸滋味。

書中的妹妹為了帶二哥回家，一路上所受盡的委屈與曲折，在閱讀的同時雖然有時會莞爾一笑，可是，當好好思考其中的問題時，卻發現「帶二哥回家」這件簡單的事，對妹妹而言卻是那麼沉重的負擔。

我在讀完陳瑞璧所寫的《二哥，我們回家！》一書，心中浮現出一張白皙無血色的臉孔，那張臉上有著一個扁平幾乎找不到鼻樑的鼻子，與一對分得特別開的眼睛，和一張總是合不攏的嘴，那是我第一年任教於啟智班時的學生——小皓。

小皓是家中的獨子，一個標準的唐氏兒，爸爸媽媽心中的寶貝兒子，他雖然心地善良卻也常常固執難以溝通，他沒有辦法說出完整一句話，連基本的生活自理能力都沒有。他是個快樂沒有憂愁的小天使，總是咧著嘴對人笑，可是他卻將所有的憂愁與煩惱留給他的家人。

跟書中的二哥一樣，小皓有個小他兩歲的妹妹，妹妹的臉上有著超乎同年紀孩子該有的成熟，而小皓的臉上卻有著恰好相反的稚嫩表情。妹妹從讀一年級開始，每節下課都會到啟智班來看看小皓，妹妹會帶著小皓到校園裡四處逛逛，她總是很有禮貌的對我們說：「老師，我帶哥哥去走一走，一上課，我就會帶哥哥回來。」然後牽著小皓的手，慢慢的往操場走去，他們也總在上課鐘聲響沒多久回到班上。

有一次，上課鐘響五分鐘後，仍不見他們兄妹的身影回來，幾位老師及保育員阿姨急著到處尋找，終於在廁所裡找到他們，妹妹正拿著衛生紙，紅著臉站在廁所旁等小皓，她著急且不好意思的對我說：「哥哥便便好久，我要幫他擦屁屁，所以才沒有回教室……」，看到一個才小學一年級的小女孩，拿著衛生紙正準備為哥哥擦屁股，我心中有萬分的不捨與難過。

然而，真正讓我了解這位小女孩是承受的委屈與心理壓力，則是在小皓剛升上四年級的一個下午，那是午睡後的第一個下課，妹妹照舊帶剛剛睡醒的小皓到操場上散步，才出去沒多久，一群學生大呼小叫的衝進教室：「老師！你們的學生流血了！」

我隨著學生來到操場上，看到妹妹正擋在小皓的前面，身上臉上都是泥土，小皓的臉上流滿血跡，拿石塊丟人的小朋友看到我的到來，早已經一哄而散。妹妹看到我，使勁全力放聲大叫：「老師！我哥哥流血了！我哥哥流血了！小朋友用時頭丟他！」我抱起滿臉是血的小皓往健康中心跑去，妹妹神情緊張的跟在一旁，還不忘安慰哭泣中的小皓，她的眼裡儘是恐懼與擔憂：「哥哥，不要哭喔，等一下就好了，等一下就好了。」。

等到護士阿姨將小皓的血止住後，我發現妹妹正微微的發抖著，我幫妹妹將身上的泥土擦乾淨，發現妹妹的腿上也有好幾個大大小小的傷口，護士阿姨要幫妹妹擦藥時，她卻拒絕了，她驚恐的問我們：「我哥哥有沒有關係?媽媽說哥哥要是在學校發生意外，我要負責……。」我們才驚覺這位小女孩一直是承受著照顧哥哥這份莫大的壓力與責任。

原來，我們只注意到對智障孩子的照顧，卻忘了他身旁其他人所需要的安慰與鼓勵。小皓的媽媽總是將所有的關懷放在小皓的身上，妹妹很難得到一絲的關心。事後，我們跟小皓的媽媽長談許久，我們希望家長不要將照顧小皓的所有責任加諸在妹妹的身上，妹妹需要有自己的交友空間，妹妹需要屬於自己的童年歲月，下課時，我們要求妹妹不要再來帶小皓出去，而是由保育員阿姨帶著他們四出走走。一開始妹妹很不放心，沒多久，我們也看到妹妹和其他的同學到處跑跑跳跳，她的臉上再那時才會露出難得的笑容。

之後，我們也開始調整教學計畫，將計畫的重點放在智障學生的生活自理能力方面，對這些先天有障礙的孩子而言，即使是一個簡單的動作，都必須花費十倍以上的時間去學習它。

單單為了教他們將鑰匙插進鑰匙孔開門，就必須花上一個學期的時間去重複練習，才能完全學會，更不用說是扣釦子或綁鞋帶這類較難的動作了。可是，每當妹妹看到小皓在反覆練習後，學會一項新的技巧時，臉上總會出現比小皓更高興的笑容，彷彿小皓學會一種動作，是一件讓她感到十分光榮的事，我心裡十分明白，小皓學會越多自理技能，他的妹妹就會越輕鬆。可惜在小皓四年級下學期時，轉學了，我不知道小皓的媽媽是否讓妹妹擁有屬於自己的快樂，還是依舊將照顧小皓的責任加諸在妹妹的身上。

現在，每當看到牽著智障者的家人時，我總會想起小皓妹妹那雙早熟的眼睛，希望她能擁有真正快樂的童年，也希望每個人能在看到智障者家屬時，給予更多的關懷與包容。因為，他們正承受著莫大的壓力與煩惱，請記得給他們一個微笑，一份鼓勵，或許一個小小的微笑，會是他們生活中最溫暖的回憶。也希望「二哥，我們回家！」這句話不再是另一個孩子心中的壓力來源。

一場心靈的饗宴

——讀《中華兒童叢書》台灣美術家系列故事

葉整潔

無意間在書櫃上發現一本《中華兒童叢書》《十位美術家的故事》，立刻被其中精彩的內容所吸引，沒想到有機會閱讀這麼一本簡明淺顯又生動有趣的台灣本土美術家的故事，不禁回想：從小到大，自己對美術的認識與對美的體悟，實在是稀少的可憐，本身對理工科系較有興趣，學生時代的美術成績都是「低空飛過」，接近及格邊緣，可以說，對美術是個徹底的「門外漢」，總感嘆藝術的境界，似乎是那麼的遙不可及。其實坊間書店裡，不乏一些中西方美術史專書，書目雖琳瑯滿目，然而大部頭的專業書刊，對於像我一樣對美術沒有基礎認知的一般民眾，多少還是有些距離，如果有一本較為「平易近人」的簡介書籍，或許可以成為引領進入藝術殿堂的捷徑。而我，很幸運地透過這本薄薄的小書，開始有機會一圓接觸美術的夢想。妻子看我讀得那麼津津有味，還特別告訴我，兒童讀物編輯小組後來有陸續再出版相關系列的兒童叢書，以專題方式，個別專門深入介紹台灣美術家的故事。於是，花了些時間將《台灣美術家—顏水龍》等十二本一系列描述本土美術家故事的相關叢書整理出來，再慢慢閱讀，細細品味一番，發現這是一次很愉快的閱讀經驗，心靈有如經歷一場美麗的饗宴一般，充實而美好。

《十位美術家的故事》是由教育廳兒童讀物出版部於民國七十九年四月所出版的藝術類叢書，作者張瓊慧本身是國立藝專美術科畢業，曾任報社藝術記者以及藝術家雜誌社特約編輯，可以說是一位專業道地的美術評論專家。本書內容雖不到一百頁，但「麻雀雖小，五臟俱全」，無論是文字或圖片內容，都相當精采動人。書本內容原是針對國小中年級小學生所編寫，所以敘述文字十分簡潔明白，淺顯易懂。作者特別掌握十個藝術家的風格特色，從書前目錄看起：《熱愛鄉土的畫家

——陳澄波》、《水牛的知音—黃土水》、《色彩的魔術師——廖繼春》等，每一篇文章開頭標題精心設計，不僅吸引讀者的目光，也突顯了創作者個人的特點。此外，文中特別將十位美術家的代表作品呈現出來，文字內容與藝術作品相互對應，圖文並茂，讀者不必憑空想像，就可以從書中欣賞生動迷人的作品，也能進一步了解其創作風格與特色。透過本書作者生花妙筆的功力，將台灣早期本土的藝術工作者身處的時代背景、奮鬥歷程以及藝術成就之影響與貢獻，淋漓盡致地描繪出來，例如：陳澄波一生充滿困頓，從年幼時期和祖母相依為命，以至於到日本留學，日後到上海教書，都是過著清貧的生活，在沒有足夠的物質條件支持之下，因為心中對藝術的執著，對鄉土的熱愛，他始終用他的熱情，面對藝術，面對他所接觸的人。而台灣第一位到國外學習西洋雕塑的藝術家——黃土水，短短三十六年的生命中，創作了許多精采無比的作品，如著名的「水牛群像」，傑出的藝術成就，已在人們的心目中留下了永恆的生命。看完十位美術家的故事，也等同走入他們的生命歷程，點點滴滴令人佩服與感動。從日據時代開始，雖然處在早期艱困的環境之下，台灣這塊土地上已經開始有藝術的種子萌芽，且逐漸茁壯成長，就是因為有廖德政、顏水龍、黃土水等人，將全部心力，熱情地奉獻給藝術，不畏艱苦地研究、學習、創作、發表，日後並致力於美術教育的推展工作，才奠定了深厚根基，開創日後本土藝術的成就。

延續《十位美術家的故事》敘述腳步，在第六期、七期《中華兒童叢書》中，也有十二本專書個別介紹台灣著名的美術家——顏水龍、李石樵、楊三郎、林玉山、廖德政、江兆申、洪瑞麟、黃土水、陳澄波、陳慧坤、陳進、廖繼春等人。書中詳細描繪了每一位本土創作者從出生、成長的背景、接受教育以及走向藝術創作的經過，過程中有挫敗、有困難，但他們都有一個共同的特點：不灰心喪志，不輕易被環境所擊倒，因著對理想的執著，從未曾降低他們對創作的熱情，終究在藝術領域中大放異彩。這一系列的兒童叢書，設計以創作者的代表作品作為封面、封底與扉頁，每一本都極具特色與創意。書中以彩色頁穿插多幅作品來呈現各階段的創作風格，色彩豐富多樣，有溫婉細膩的畫風，也有粗獷豪放的揮灑，讓人在閱讀視覺上賞心悅目，有如處身在美術館，多位大師作品歷歷在目一樣，一點也沒有學院派專業叢書裡太多專業術語的壓力。

很快樂的讀完這一系列圖文並茂，介紹早期台灣本土美術家故事的兒童叢書，雖然被歸類為「兒童叢書」，但個人覺得這些叢書內容編排實在是很不錯，不僅可稱得上是台灣美術發展的簡史，更可以作為接近藝術的入門書。希望藉由閱讀台灣前輩藝術家的故事，我們了解了早期台灣美術發展的階段特色，從中學習他們對理想的堅持與那對藝術的熱愛的那一份心，不管是成年人或是年幼純真的孩子，都能一起分享那一份美好的感覺，因為，藝術是很美很美的感受，只要你用心去體會。

美麗的相會

陳兆禎

人生的際遇，雲譎波詭，神秘難測。有時像是生活在朗朗的青空之下，但覺安逸閒雅，平淡平凡；有時像是身處在狂風疾雨的大海之上，唯見波濤洶湧，蒼茫迷濛；有時又像在安靜的夜裏，駐足郊外，遙望遠方，忽然見？明月從山頭升起，隨之散發著柔柔的光芒，予人美麗的感受。

一九六五年九月，當台灣省政府教育廳兒童讀物編輯小組發行第一批《中華兒童叢書》時，我剛進入初中唸書，對於這些嘉惠小學生供小學生閱讀的書籍，那時我無緣接觸，也完全不知道。後來我高中畢業，進入大學中文系與中文研究所碩士班求學，乃至獲得碩士學位開始從事教學工作，由於對兒童文學幾乎沒有接觸，於是也不曾留意這一叢書。直到這幾年，因緣際會，涉覽兒童文學，尤其是去年，為了寫一篇關於潘人木兒童文學作品的論文，我不僅幸運地認識了潘人木女士，同時也與這一叢書結下了不解之緣。

回想去年八月，我前往臺灣書店，購買由省教育廳出版潘人木寫作的五六十本兒童文學作品，結果發現有二十來本早已成了絕版書，面對這些買不到的絕版書，當時我左思右想，該如何去尋找呢？後來，我藉著一些管道，在善心者的協助下，收集到兩本影印本，可是對於其他，那時，我除了感到無奈，只能根據已擁有的潘氏作品，調整該篇論文某些單元寫作的方向了。

在調整、寫作那篇論文期間，有一天傍晚，我前往台北市立圖書館萬興分館借本書，在該館兒童閱覽室裡走走看看的時候，不經意間，我竟然看到將近兩書櫃排列整齊、但幾乎沒人翻閱的《中華兒童叢書》，還記得自己見著的剎那，我的兩眼爍爍發光，就好像發現新大陸一般，而在高興回神之餘，我仔細地檢視查看這不齊全的叢書，希望能在其中看到潘人木的絕

版之作，結果十之八九竟然被我找著，當時我的內心便不斷地在狂呼吶喊著：太棒了！太棒了！而那一縷縷充滿在胸中的興奮雀躍之情，還真的不是能用筆墨形容得了的。

如期完成繳交了論文，十二月中下旬，我打電話給潘人木女士，在電話中，我除了向她請教一些問題，也說及諾貝爾文學獎得主高行健編導的歌劇《八月雪》中，有平劇京腔的演唱，如果能有熟悉平劇的專家，寫一些介紹平劇的書給小朋友看，那該有多好！潘女士隨即告訴我，在《中華兒童叢書》裏，早有這類的書，當時是請張大夏先生執筆的，而且其中的圖畫，也由張先生繪製。

知道了這一訊息，過沒幾天，適逢週休假日，我再度走訪市圖萬興分館兒童閱覽室，在放置《中華兒童叢書》的書櫃中，逐本查看，結果我找到了七本張大夏寫作圖繪的介紹國劇種種的童書，書名分別是：《國劇的臉譜》、《國劇中的舞蹈》、《國劇裏用的東西——切末》、《國劇中的各種兵器》、《國劇中的交通工具》、《國劇中的風雷雨雪》與《國劇中的各種人物》。

後來，我向台灣書店詢問、購買，結果書店庫存已經沒有《國劇中的各種兵器》和《國劇裏用的東西——切末》這兩本了。

利用空閒時間，我這個大人又開始閱讀小孩兒書。而在逐本閱讀之中，我除了感覺輕鬆愉快，也對國劇有了較多的了解。

原來國劇用歌唱和舞蹈來表演故事，不強調寫實，而是重視象徵，並且演員表演的故事，絕大多數都是我國古代的故事。國劇既不強調寫實，重視象徵，因而劇中人物乘坐的各種交通工具，劇中人物表演風雨雷電的天候現象，便是藉著音樂、演員的動作或一些道具，以象徵的技法來表現的。還有，國劇中人物的扮相，是經過好多年代，花了許多演員與專家們的心血，慢慢研究決定的，一個劇中人，面部怎麼化粧，頭上戴甚麼，手裏拿甚麼，都有明白的規定，不能亂來。此外，「切末」是甚麼意思？「切末」和「把子」有甚麼不同？「十八般武藝」指的是甚麼？有哪兩種說法？關於這些，我是看了《國劇中的各種兵器》和《國劇裏用的東西——切末》這兩本才明白的。

還記得自己小的時候，曾隨著父母，看過一兩次國劇表演，那時我一看到畫著大花臉的演員出場，就感覺怕怕的，很不喜歡，也不想再去看國劇。現在讀了張先生寫的《國劇的臉譜》這本童書，反而覺得趣味橫生，蠻有意思的。

張先生在書中說，國劇勾臉是種化妝藝術，藉著這種藝術手法，能表現劇中人物的性格、精神和氣色。一般說來，國劇人物，文人不勾臉，勾臉的都是武人。但是文人裏的包拯要勾臉，因為小說裏說他長得醜陋，外號「包黑子」，而且他鐵面無私。此外，文人勾臉的還有奸臣。至於武人裏的儒將像岳飛、郭子儀、趙雲、韓世忠這些人不勾臉。

張先生於書中還寫道，勾臉的人物，大概可分為四類：一是性格浮動暴躁的，二是歷史或小說對某人的相貌有特別描寫的，三是壞人，四是反派人物或鬼、怪、精靈。而臉譜顏色，紅色臉表示忠義，勇敢，有血性；油白色臉表示這個人心裏有詭計，性情又陰險，或自以為了不起，這種人物非常可怕；黑色臉表示性情粗魯，剛直，坦率，忠心，孔武有力，勾黑臉的差不多都是好人；紫色臉表示有血性，沉著，有毅力，有時也表示黑臉的人年紀老了，性情已經由莽撞變為平靜；藍色臉多半顯示兇猛，粗魯，又有心計，非常不好惹；綠色臉表示不沉著，性情暴戾……。

在《中華兒童叢書》中，張先生的這七本關於國劇的書，全是寫給中年級的小學生閱讀的，類別屬於文學類，每本書的最後，又附列了「讀完了這本書，請你想一想」這個單元。

對於一本童書，明白寫出它適讀的年級，內容的類別，並且附有想一想這一單元的，在市售童書中，唯有《中華兒童叢書》，這是該叢書很大的特色。

高行健的《八月雪》在國家劇院演出時，讓觀眾們參與了一場美的饗宴，而我與《中華兒童叢書》相會之後，知道了這一叢書的由來，經歷的漫長歲月，尤其是它包羅萬象的內容，現在總是不時會吸引著我，一有空閒，就想去圖書館或臺灣書店翻翻看看，甚至購買收藏，因此它帶給我的不只是美的饗宴，與它的相會，更是一場美麗的相會。

我的童年回憶

賴惠煌

我愛看書，特別喜歡看故事書，母親常常笑罵我：「又捧著書在看了，看那麼多書做啥，」也不知道是從時麼時候開始變成書蟲的……」儘管母親在怎麼叨唸，我就是愛看故事書，常常在靜謐的午後，涼風徐徐吹來，我喜歡換上一身舒服的家居服，走到陽台上，搬一張椅子、泡一杯冰涼的飲料，懶散的拿起這些我喜歡的書，把自己沈入書中的世界，忘了時間，也忘了自己身在何方，這一份難得的悠閒，成了我的習慣，也變成了假日最喜愛的休閒活動。

有空時，我也常去圖書室裡尋寶，那天，在圖書室中，看到一長排整套的書，隨手翻閱其中幾冊，一股熟悉的感覺從心底浮現，咦?這套書真眼熟，突然對書感到熟悉，像許久不見的朋友一般，這種感覺真是奇怪，我拿起書本，前前後後仔細的翻看一番，想找出原因來，哦！我會意的點點頭，原來是《中華兒童叢書》出版的書，那可真的是我認識了二十多年的老朋友了，難怪這書的大小模樣令人眼熟，我可是在國小一年級就認識了這套書了喔，看著這一排排的書，回憶把我的思緒慢慢抽離，帶我回到了國小時候的甜美記憶中。

小時候，家裡的家境並不富裕，能讓孩子去上學，在經濟已經很吃力了，更遑論去買多餘的課外讀物給小孩子看，也因此家裡的孩子，每天總是在田裡跑呀跳呀玩的，像個野孩子似的，鮮少看到我們文文靜靜的捧著書看，而我就是孩子群中最調皮好動的一個，好像永遠停不了、靜不下似的，一下子跑得不見人影，一下子又在四周吵吵鬧鬧的，不到一會兒功夫，又跑到田裡挖地瓜，真是野的讓父母頭疼。

第一次看到課外讀物，是因為國小時，每個班級都會定期有一套《中華兒童叢書》，各班輪流看，每當學校放假前夕，老師都會一人發一本讓我們帶回家看，現在已想不起來當時拿到的第一本書叫什麼名字，但是卻忘不了當手中一接到這第一本課外讀物時，心中溢滿難以形容的高興，真想向所有人宣佈：「你看，我終於有課外讀物可以看了。」雖然因為傳閱年代已久，書已顯得有些殘破，內頁也因受潮而泛黃了，但是那可是我的第一本課外讀物哦！一想到這裡，心理馬上驕傲起來，把書包抱的緊緊的，深怕別人搶走似的。

一回到家，丟下書包，我不是跑到田裡玩，也不是跑跑跳跳得和玩伴們去捉青蛙，反而是一反常態的拿起書來，有模有樣的坐在門口的矮凳子上，擺出認真看書的姿勢，目不轉睛的讀著未讀完的故事。「怪了，我們家裡一向坐不住的野孩子，今天怎麼那麼乖？竟然安安靜靜地在看書耶！」大堂姐驚訝的怪叫怪叫的，吵的我回頭瞪了她一個白眼，不理她，我又繼續看著故事的發展，想知道主角最後怎麼了。

好一會兒，看完了這本故事書，我滿足的抬起頭來，卻發現年幼的弟弟妹妹帶著好奇的表情圍著我，「姐，你在看什麼？」弟弟稚嫩的聲音提出了他的疑問，急於和他們分享的我，開始一頁一頁的翻著，一邊說著故事，一邊指著書中的圖片給他們看，看到他們流露出崇拜的眼神、感興趣的表情，讓我更加的得意了。

從那時起，我開始期待老師發下《中華兒童叢書》的故事書，總是搶著幫忙發，每次一拿到手上，總要翻個好幾回，反覆看上了好幾遍，才肯罷休。而弟弟妹妹們也喜歡在我看完之後，纏著我，要我把書中的故事說給他們聽，一想到小時候這幅景象，真令人懷念呀！一直到國小畢業前，這套《中華兒童叢書》都是我唯一的課外讀物，也陪伴了我小學六年的歲月。

我們這幾個每天只顧著玩的野孩子，因為一本課外讀物，一轉眼，變成喜歡看書的小孩，我想我這麼愛看書，可能就是從那個時候培養起來的吧！一直到今天，我還是喜歡抱著書，舒服的把自己塞進椅子裡，專心的讀著、看著手中的讀物。

真感謝小時候，看了一本本的《中華兒童叢書》，讓我累積了許多故事及文學知識在我的腦子裡，後來的作文課也因為長年吸取的文學素養，一路寫來總是文思泉湧、得心應手的，不像班上有些同學，一聽到寫作文就頭疼、肚子疼的，往往哀叫個半天，絞盡腦汁也幾不出一點墨水來。

二十年後的今天，我坐在圖書室中，再一次翻閱《中華兒童叢書》，再一次回味童年的滋味，那曾經有過的記憶，令人難忘，書的內容上增添許多故事、童話、生活散文、自然科學藝術，有別於其他花俏童書的精美包裝，《中華兒童叢書》並沒有包著華麗的外衣或是塗滿令人炫目的色彩，而是以豐富的內容知識及多方面的內涵深得人心，在教育部兒童讀物出版基金管理委員會有計畫的編排下，不但多方面蒐羅豐沛題材，更邀請專業的作家及畫家一起投入創作，這些豐富的題材、內容更吸引人了，看著看著，又讓我這個大書蟲愛不釋手啦！

拼湊一座快樂的城市

——《積木馬戲團》之讀後心得

吳景輝

「教，然後知不足。」。我的教師生涯十五年來，常常為了教學的種種需要，必須不斷修改且更換教學內容。由於自己的專業在美勞方面，所以準備美勞教材的更新，常花費我許多心力。《中華兒童叢書》歷史悠久，常邀集國內外各領域的專才，這些作者發揮特長，留下寶貴的經驗傳承，它涵蓋的領域十分寬廣，所以是我常搜羅參考資料的叢書之一。

在一次偶然的機會，我翻閱到留日的插畫家陳璐茜女士的作品——《積木馬戲團》，仔細閱讀後，無論是在想法童趣或是美育方面，發現這是一本精采絕綸的圖畫書作品。

書名為《積木馬戲團》，一開始即呈現出一種創作的樂趣感。「積木」，是所有人孩童記憶中最具有創作力的玩具，它可以組合成各式各樣的造型；「馬戲團」更是小朋友歡樂的泉源。顧名思義，這書名取得十分吸引人且貼切內涵，加上作者活潑的封面設計，以色紙拼貼出小丑及玩具主人的造型，更令剛拿到書的人好奇心湧現、愛不釋手。

《積木馬戲團》內容描述原本花花綠綠的積木好無聊，無聊的想找些生活樂趣，於是自己拼湊起來，各式各樣的幾何形積木，長方形、正方形、圓形的積木，大家通力合作，組成一個個美妙的積木世界，積木的可塑性、創作性極強，它們一會兒創作出城堡、動物園，一會兒裝扮成各樣的動物，及各式各樣的植物。它們有了屬於自己的生命力，也從創作中得到樂趣，最後它們學成馬戲團的把戲，組成一群快樂的小丑，還集合起來成了疊羅漢。當主人回家後，發現它們愛玩的心，便帶著它們到街上表演，為村裡的人帶來歡笑，也利用積木的特性幫助村民做了許多事。這群積木玩具將快樂的種子、歡樂的笑聲，散播開來，讀者在閱讀的過程中，也跟著快樂起來。

陳璐茜不愧是優秀的插畫家，她發揮自己的專業，賦予

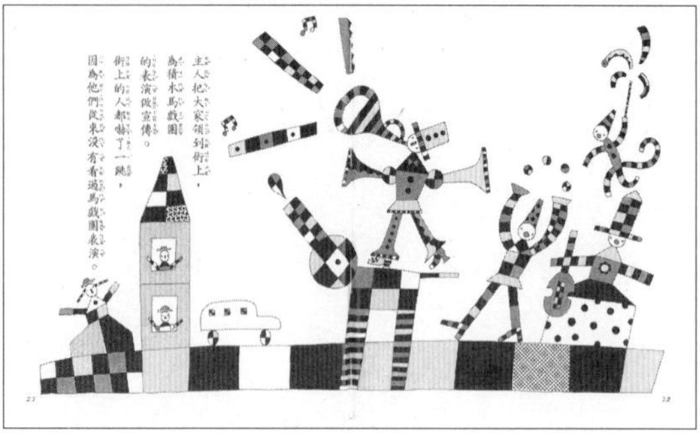

《積木馬戲團》一書，無論是在色彩、造型或構圖上都有令人耳目一新的感覺。首先，在色彩上，她的配色大膽，採取小朋友喜歡的原色及明度高、彩度也高的色彩，這樣的配色活潑了一頁頁的畫面。在色彩配置上，如果一個畫面中，彩度高的顏色太多，容易流於俗氣，但是，作者擅用黑色，將整個畫面加以統整，不致使顏色太過突兀亂竄，這是她配色高明的地方。這些插畫色彩配置方法，在美勞色彩教學上是一本值得推薦的作品。小學生對顏色的敏銳度，通常來自於樸拙的認知，原色、彩度高是小學生一般最常使用的顏色，因為他們調色練習的機會很少，小學生的作品中，也常是東一塊綠、西一塊紅，鮮豔而不搭調的色彩分據於畫面上，各個色塊既搶眼又不易調和。然而，這本圖畫書在色彩的搭配上，就是一本值得學習的參考書籍。

另外，在造型上，作者延續在日本求學時的造型特色，利用色塊及有機組合各種幾何形狀，這些都是小朋友最親近最熟悉的幾何造型，作者將這些幾何鮮豔的彩色積木，拼裝起來，如同魔術般幻化出一個個造型不同的小丑、飛機、城堡、花草樹木，甚至連聲音也能用積木拼湊出來，拼湊出的聲音有噴水聲、警車鳴笛氣的聲音、連轟隆巨響都能拼湊成影像，呈現在畫面上，讓讀者們透過圖像的表達，來一趟造型與視聽融合之旅，真是處處驚奇、處處新奇，令人有目不暇給的感覺。

在構圖方面，由於作者將閱讀群設定在低幼的年齡層，所以她採取低年級小朋友在構圖最常運用的方法：地平線、X光透視、及平面排列組合。一開始，房間裡的積木，以大大小小不同的正方形色塊排列在畫面上，組成一座座高低不同的舞台，這些舞台在畫面上如同波浪一般，形成一種律動感與節奏感，讓其他的積木在舞台上展現。接著，積木們在舞台上呈現出多樣性的表現手法，如同孩子們最喜歡玩的扮演遊戲般，它們一一到舞台上表演，直到主人回來。主人回來後畫面上的舞台被打破，積木們被主人領到街上，組成一個馬戲團，當馬戲團開始表演時，那些舞台又再度回到畫面上，供這些積木們展現的空間。作者充分利用造型的排列，讓小朋友有種親切感，因為小朋友在畫圖時也常會運用這些手法。其中，更將小朋友畫盡其所知的X光透視法畫法，也一併運用進去，這樣讓畫面顯得更加豐富，也能滿足小讀者的好奇心。

一本好的書，就像一位好朋友。它不僅能增廣你的見識、拓展你的視野，更能致教育於娛樂之中，欣賞完《積木馬戲團》一書後，如同進入一座寶山，其中文字的感染力、故事的歡樂氣氛、造型的怪奇特別、色彩的瑰麗美妙、及構圖的新鮮有趣，處處都讓人回味無窮，受益良多。

神秘的藏寶箱

林明幀

……「芝麻開門！」隨著咒語，山壁裂開，幽暗的洞室裡是一口又一口箱子。箱蓋被打開的剎那，耀眼的金光照亮一室的漆黑，所有人瞪大眼睛，欣喜若狂的捧起箱中成堆的金銀珠寶……

談到《中華兒童叢書》，我立刻想起的是一個箱子——像所有歷險尋寶、海盜劫匪的故事裡都會有的，放寶藏的箱子！民國五十五年，小學五年級，我所看的第一本《中華兒童叢書》，就放在這樣一口長方體的木頭箱子裡，連同其他更多更多的《中華兒童叢書》，像奇珍異寶般收放在箱中，扣上鎖扣，藏在老師的辦公室。只有在特定的時間，老師才會搬來「藏寶箱」，打開它，捧出一本又一本讓我驚喜的精美課外書，讓我們人手一冊拿到座位上翻看。時間到，又再收回所有書本，只留下寶貴的書中情境，在我心裡閃爍發光。那口藏寶箱使我對《中華兒童叢書》有著鮮明的印象。

《中華兒童叢書》很不一樣！它是真實、現代，貼近生活經驗的，包括書中人物、衣著、場景、對話，還有書中情節、主題都是我那個年紀所能認知、理解的，連書中插圖都有它獨特的味道和造型。我很快便著迷於那種清新的圖書內容，淺近文雅的詞句，美麗的書頁，大方的版本，何況還有注音，幫助我半猜半認的閱讀，我因此非常期待久久一次的閱讀時間。每次都把它小心捧在手上，先聞聞嗅嗅摸摸，感覺連書皮都有一股誘人的芳香！

快四十年了！當時看過哪些書？書名和內容是什麼？都已不記得，就只那書的樣式，書的魅力，結合了藏寶箱的神祕，留在心中，不時的清楚浮現，提醒我：曾幸運的有過那樣一筆財富！

當了小學老師後，又再見到《中華兒童叢書》。這時已不再配發箱子給老師們裝書了，我自費添購書櫃，把學校分送到班上的《中華兒童叢書》開架陳列，讓小朋友下課就可以拿去閱讀。經常有小朋友拿了書沒放回書架，管理上增添不少麻煩，可是小時候的閱讀經驗告訴我，要鼓勵小朋友看書就不能嫌麻煩。此外，想要引起小朋友閱讀興趣，進而養成看書習慣，最好是讓孩子們純粹看書，不要有額外負擔，我很少指派閱讀心得的作業，說穿了，是怕一旦有作業有壓力，孩子閱讀的樂趣和意願就會打折扣。我盼望以班級風氣的形成來影響每一個孩子，期待他們都能養成愛看書的好習慣。

除了介紹書本中有趣片段來引起閱讀動機，我也利用說話課，讓小朋友分組派代表或個人自願的上台介紹《中華兒童叢書》。這樣做既可以考察他們的理解表達能力，也紀錄小朋友最感興趣的書籍，用今天的話說，那就是「熱門書排行榜」，無意中的發現促成班級票選的活動，那段投票期間，小朋友很少出去玩，幾乎都在看書，要找出自己最愛的一本書投下一票。這活動很有意思，變成了我們的班級特色。

也是當了老師以後才了解，《中華兒童叢書》是教育廳統籌出版的，並且定期發送給各校各班，從前對它的諸多浪漫聯想只是我幼稚的猜測，卻是美麗的錯誤！一次又一次收到送來的新書時，昔日「藏寶箱」的念頭總令我會心微笑。

教得越久，《中華兒童叢書》累積得越多，書架已不勝負荷，我把重複的、出版年代久遠的書挑出來，分送給每個孩子，讓他們帶回家。我樂觀的想像：孩子們有自己的書，像好朋友般在書桌上陪他們寫功課，多好啊！每一次換教室就來一次書籍總整理，瘦身的結果，《中華兒童叢書》依舊是書架上的大家族，孩子們每年都分到好幾本兒童叢書。促成他們跟書做朋友，是我對《中華兒童叢書》唯一的貢獻。

《中華兒童叢書》好處真多。首先，它是發送到學校班級的，成為班級圖書，減少老師添購課外書的麻煩。其次它的水準夠、品質好，幫老師家長省去挑選過濾的困擾。此外，它分門別類，包羅萬象，套句流行語是「多元化」的內容，舉凡文學、自然、健康、社會、資訊、藝術等各專業領域的書都有，還清楚標示適合閱讀的年級，方便老師介紹引導。

去年美勞課遇到「風箏」單元，我找出民國七十三年出版的《中華兒童叢書》《放風箏》一書來參考。書中連同風箏傳奇、在各國的應用、生活中的運用、製作方法、設計原理等都有詳盡深入的介紹。單元活動的最後，當小朋友興高采烈在操場上放風箏時，我由衷感謝這本書的協助。鄉土教育受到重視後，我又找到一系列介紹台灣各縣市風土民情、歷史人文的《中華兒童叢書》，哎，它簡直就是教學資料庫！發現我也在看《中華兒童叢書》，孩子們就更看得起勁了。

有一回，我請孩子們提供好書放在班級書櫃，居然有人捐了好幾本班上沒有的《中華兒童叢書》，還是全新的！我問他怎麼會有這些書？他很自然的回答我：「書店買的呀！」嘩，我才知道，《中華兒童叢書》已經走出校園，進入大眾群中。

這麼多年來，我一直忘不了自己如捧寶物般，捧讀《中華兒童叢書》的喜悅和滿足，感謝在那麼小的年紀，就有人為我開啟知識的大門。四十年前，它的出現，彌補了兒童讀物不足的缺憾，提供質佳量多的課外讀物，守護陪伴幼小心靈的成長。一路走來，它喚醒了學術界對兒童閱讀教育的重視，導正了出版界對兒童讀物內容的取向，提升了藝文界對兒童讀物創作的期許。這些貢獻令我難忘，也不捨它的宣告解散、終止！

《中華兒童叢書》，這個藏放智慧珍寶的藏寶箱，始終如新的在我記憶洞窟中熠熠發亮，不曾稍褪光芒。

追憶一朵梅花

原靜敏

在《春神跳舞的森林》中，阿地發現，要想喚醒沉睡的春天，重返美麗的櫻花祭，櫻花瓣是唯一點燃希望的精靈。

一、生命中的精靈

櫻花瓣是春天的精靈。而我心中也有一朵纖巧的五瓣梅花，伴隨著我的童年，是我生命中的精靈。

貼熨封底的梅花，是早期《中華兒童叢書》的一枚記號，看起來既典雅又別具意義。

兒時，別說鄉下的孩子沒有多餘的零用錢買套書，甚至連一本輕薄的連環圖畫也難得在同學間傳閱。幸好學校有間圖書室，面積雖然不大，但整齊地置放各類讀物。

所有讀物中，分成藝術、文學、科學、健康四大類的《中華兒童叢書》為數最多。其中文學故事最讓我著迷。

老師因為擔心「精裝本」會在學生們爭相閱讀間不翼而飛，不得已束之高閣。只開放「平裝本」供大家閱讀。看來樸實的平裝本，似乎更貼近我的心；當封面和書頁在指間滑動，胸中奔湧的喜悅，更是無法言說。

尤其發現我喜歡的幾本書，紙張因為翻閱而漸漸泛黃，書背有磨損的痕跡，幾道折壓紙腳的皺紋，內心不免撼動，原來在沉默的閱讀世界裡，也能尋到知音。

二、邂逅文學

《中華兒童叢書》的文學故事篇篇精采，其中有三本書，讓我至今難忘。

《老鞋匠和狗》是我和文學的初遇。

老鞋匠鼻樑架了一副黑框的老花眼，為人慈祥和氣。他一針一線替孤兒縫製拾來的舊靴子，沒有收下一分錢；路邊飢餓

多時的流浪狗，認識老鞋匠後，再也不用挨餓受凍。

老鞋匠溫情感人，《小紅和小綠》的友情同樣飽含人性光輝。我一直還掛記長白山上，吃了小紅果的白髮婆婆「小紅」，細心澆灌的參苗長成「山」了嗎?她始終等待「山」能夠變成當年的「小綠」。

國小三年級的我，讀完《小紅和小綠》，忍不住嘆息：如果「把頭」爸爸不讓小紅把針線繫在小綠身上，也許他們可以快快樂樂的生活一輩子。

小綠驟逝，加劇小紅的思念，象徵著生命雖非圓滿，但形塑懷舊與時空融合的況味。

另外，《我愛山叔叔》也叫我愛不釋手。這也許和我自小長在山村，熟稔山林實況有關。作者以第一人稱敘事手法，活潑輕快地道出山林生態，沒有虛假和造做，除滋萌一份親切感，更鞏固我對林木、花草、動物、昆蟲的捍衛心。

最近，無意間和同事聊起往事，才發現彼此都是《中華兒童叢書》的書迷，因而如數家珍的重新溫習，當提到潘人木女士改寫的《小紅和小綠》時，她竟流露淒迷而感慨的神情，一則嘆息功利社會難有深刻的友情，再是心疼回收車把早期《中華兒童叢書》一捆捆運走。

三、讓愛傳出去

我曾在山上的原住民國小服務，同事重視閱讀，所以請我為一年級小朋友開列書單，《中華兒童叢書》自然是座上賓。低年級的孩子剛剛接觸文字和圖畫，雖然不至於對人生來個大哉問，卻有一籮筐的好奇心和求知欲。於是《中華兒童叢書》就成了最佳啟蒙讀物。

我先選出適合低年級閱讀的「文學類」和「健康類」，用說故事的方式，把內容分享給孩子們。

許多孩子和雙親相隔兩地，年邁的祖父母又無法陪著閱讀，學校的「說故事時間」，對他們而言，就像「床邊故事」一樣可親。

我們以說故事為起始，展開一系列的「故事秘密花園」活動。由孩子們按藏寶圖（故事情節），挖掘沙洞裡的鑰匙（線索），進而開啟「故事秘密花園」的門扉。

接著是故事演出。孩子們雖然缺少豐富的舞台經驗，但天馬行空的想像力和創意源源不絕。教室內所有物件，都成了演出道具，老師只要在一旁適時指導，就能享受孩子們有趣的「劇中劇」。

比較內向的孩子不肯主動參與演出，我們就以鼓勵的方式，請他們根據故事，把心中的圖像畫下來，再張貼公佈欄，供大家欣賞。

無論聽、演、畫故事，我們都希望孩子藉由事件的發展與轉折、人物的表情與態度，體會各個角色遭遇問題時的心境和感受，甚至嘗試改變故事結局，呈現新面貌，發揮重整力。

「故事秘密花園」的進行，主要是激發孩子們合作的精神，解決問題的能力，並且享受追尋過程中產生的趣味和成就感。

活動過程中，也許耗時、費神，但每一次都值得紀錄，也為文化刺激不足的孩子打下語文學習的地基。

直到現在，我已經離開山上的學校，同事在電話裡還不忘告訴我，孩子們常在課堂上提起「故事秘密花園」，翻閱熟悉的《中華兒童叢書》。我相信，除了閱讀文本，和他們互動時，留下的絕不是故事的空殼，而是他們寄望人生的理想和愛。

《聖經》有句話說：「一粒麥子，不落在地上死了，仍舊是一粒；若是死了〈重生〉，就會結出許多子粒。」在語文教學中，《中華兒童叢書》就像是一粒麥子，要想盎然學習生機，適切地將其融入教學情境中，是不二法門。

Robert Coles 在 *The Call of Stories* 說道：「我們都記得，一生中總有一段時光一本書成為我們的路標，並在生命路途中一直存在著。」運用於童年的閱讀歷程，就是心靈地圖的開展，美感經驗的昇華。

縱然《中華兒童叢書》等讀物已經停止發行，但回首過往，她的確為許多人的成長烙下珍貴的轍痕，提供充沛的精神食糧。

感念《中華兒童叢書》一路相陪，給我豐盈的視界，溫馨的童年。

讓這份「愛」傳下去

郭鈴惠

心中有一首跨越世代、傳承永恆的愛之歌迴盪，是六〇年代豐腴的精神食糧；八〇年代精采的教學資源；九〇年代愉悅的親子溝通——《中華兒童叢書》譜成生命跳動的音符……。

貧困的富翁

麵粉袋改製成的內衣、褲及令人垂涎的饅頭、牛奶學童營養午餐，是六〇年代學童對聯合國援助的共同童年回憶。然而聯合國貧困物資生活的抒困，卻不是帶給我最大樂趣與感恩的主因，而是那時候配發到小學班級中一本本涵蓋文學、科學、健康、藝術、社會類，又包含低、中、高年級的《中華兒童叢書》，讓我窮困黑白的童年開始有了美麗鮮明的色彩。

偏好文學的我，在醬菜、鹹魚乾配蕃薯簽飯的困苦生活中，每每在下課之閒餘，與《大海輪》收藏寶貴的「第一次」；到《蔡家老屋》中去探險犯難；也為《金橋》的阿金賣力喝采……，這些精神的鼓舞，減緩了粗茶淡飯的苦，使幼小的生命有了期待與希望，不但滋養了柔弱的心靈，而萌生成長的勇氣，更埋下了文學的種子，在日後開花、結果，奠下我文學寫作的良好基礎。

那一本本內容豐富、情感厚重的《中華兒童叢書》，是我童年最難忘的精神食糧，「貧者，因書而富」，它無疑地讓我成為童年最「貧困的富翁」！

魅力的導師

八二年從師專畢業，正式到小學任教，初出茅蘆，有著對教育無限的理想與抱負，卻也有著經驗不足的青澀，及對班級經營難handle的擔心與怯步。

果真，永遠記得那個「第一天」！踏入三年七班時，那一雙雙透露純真又調皮的大眼睛，早已在等著看這「菜鳥」老師「吣啥碗糕」？或許真是經驗窘困，也或許是太緊張，總之，彷若是露了「餡兒」似的，一個個看穿我有「幾兩重」的頑童，開始肆無忌彈地搞怪起來。

國語課竟開始成了彈橡皮筋、東張西望及閒聊打罵的失控「菜市場」。我提高聲調、猛敲講桌、板起面孔……，均無法再引回孩子專注的眼光。像鬥敗的公雞似的，讓我這充滿理想性的新手教師，著實潑了一盆冷水，也開始慌了手腳，不知該如何收拾這毫無教學成效的教室現場。

就在這個時候，我的眼睛不經意的落在窗台上，那個小小班級圖書箱內的《中華兒童叢書》上。猶如抓到救命索般，我不假思索地拿出一本書開始說故事式的唸起內容來。那是《金橋》，隨著阿金苦等仕橋上的大洞旁，教室內的說話聲頓時靜了下來，孩子們的眼睛不但又回到我的身上，同時竟也發亮了起來！

「帕、帕、帕」，我的話聲才止，孩童立即不約而同的給我如雷的掌聲。同時，那份英雄式崇拜的目光，立即讓我低落的信心，又重燃起了火焰。

自此以後，我不但用說《中華兒童叢書》做為控管班級常規的增強物，同時，也配合課程，用它成為教學的豐富補充教材。孩子們也在此引導浸潤下，養成了閱讀的好習慣，日後，多人考上一流的大學學府，多多少少可說是受此閱讀習慣的影響。

是的，在新鮮人老師的教學生涯中，《中華兒童叢書》讓我贏得了孩子的友誼，也輕鬆地掌控了班級的秩序，更提昇了我自己教學的內涵，讓我成了最具魅力的級任導師！

溫暖的母親

九〇年，我有了自己的第一個孩子，開始那作為母親的新生活。這一個年代，市面上充斥了大量翻譯的兒童讀物，精美生動的繪圖，確實吸引了多數家長的目光。尤其，經濟生活的改善，教育經費的充足，於是，學校的圖書室也開始汰舊換新的工作。

我任教的學校終於決定，要丟棄那些因歷經無數次翻閱，而破舊不堪又佔據不少圖書櫃的《中華兒童叢書》。看著那陪著我長大的本本書籍，煞時萌生了不捨之情。於是，我找來紙箱，把圖書室丟棄在外的一本本的《中華兒童叢書》，收拾帶回家中。只是，很可惜，我發現得太遲，早有許多叢書已被垃圾車清運走了。

收藏至家中的書房後，也就沒太在意這些書。直至有一天在與學生談論人物描寫的課程時，讓我又去尋找那本《祖母的枴杖》。當我在深入閱讀時，女兒很好奇的要我借她看看。

就是這樣的一個開始，孩子開始與我對話那個《中華兒童叢書》中所描寫的人事物，那個屬於我的童年年代。我們因書而傳承世代不變的愛與了解，弭平所謂的代溝問題，女兒也因此傳承了我的文學喜好，更重要的是，她在充滿翻譯繪本的隱形文化侵略中，因為《中華兒童叢書》的補足，有了本土的關懷與溫情。

與子女共讀討論泛黃的《中華兒童叢書》，甚至運用日後《兒童的雜誌》與他們共做學校指定作業，讓我們有了融洽的親子關係，我成了孩子們心目中溫暖的母親！

時代更迭，《中華兒童叢書》也因兒童讀物編輯小組的裁撤而走入歷史。然而，對我而言，「一樣書，三代情」，《中華兒童叢書》陪著我走過童年、為人師表及作為人母的成長歲月。我相信，它不會成為歷史，因為，它是我生命中永恆的記憶，生命力的來源，更已融入成為我生命中的一部份！

《中華兒童叢書》是我生命永恆的彩虹！如此的希望，仍有那麼一天，它會再有可能書寫屬於台灣的文化，再讓這道彩虹，閃耀在我子子孫孫的美好記憶中，讓這份「愛」傳下去……！

國家圖書館出版品預行編目資料

我們的記憶．我們的歷史／邱各容等著；林文寶執行編輯. -- 臺東市：臺東大學兒童文學研究所出版；臺北市：萬卷樓圖書發行, 2003〔民92〕
面；　公分

ISBN 957-01-5072-6（平裝）

1.中國兒童文學　2.兒童讀物

859.1　　92017593

我們的記憶・我們的歷史

作　　者／邱各容等
編輯企劃／國立台東大學兒童文學研究所
執行編輯／林文寶
編　　輯／陳玉金、陳瀅如
出 版 者／國立台東大學兒童文學研究所
地　　址／台東縣台東市中華路一段684號
電　　話／（089）318-855轉3100
發 行 者／萬卷樓圖書股份有限公司
地　　址／臺北市羅斯福路二段41號6樓之3
電　　話／（02）23216565、23952992
傳　　真／（02）23944113
劃撥帳號／15624015
排　　版／浩瀚排版印刷股份有限公司
承　　印／原鄉企業
定　　價／200元
出版日期／2003年11月
ISBN／957-01-5072-6